在这世界屋脊上
每一条路都是天路
但它们并非通向天空的路
终归要通向人间

西藏之路

XI ZANG ZHI LU

陈启文·著

青海人民出版社

图书在版编目（CIP）数据

西藏之路/陈启文著. -- 西宁：青海人民出版社，2019.9
 ISBN 978-7-225-05822-1

Ⅰ.①西… Ⅱ.①陈… Ⅲ.①报告文学－中国－当代 Ⅳ.①I25

中国版本图书馆 CIP 数据核字 (2019) 第 205713 号

西藏之路

陈启文　著

出 版 人	樊原成	
出版发行	青海人民出版社有限责任公司	
	西宁市五四西路71号　邮政编码：810023　电话：(0971)6143426（总编室）	
发行热线	（0971）6143516/6137730	
网　　址	http://www.qhrmcbs.com	
印　　刷	青海西宁印刷厂	
经　　销	新华书店	
开　　本	890 mm×1240 mm　1/32	
印　　张	5.625	
字　　数	110 千字	
版　　次	2019 年 12 月第 1 版　2019 年 12 月第 1 次印刷	
书　　号	ISBN978-7-225-05822-1	
定　　价	30.00 元	

版权所有　侵权必究

1	通往世界屋脊的路
23	从拉萨到墨竹工卡
57	路的尽头,依然是路
89	巅峰之作
115	峡谷就是一条路
135	看,这是我干的
161	太阳的宝座

目 录

〇一通往世界屋脊的路……

这条路我来回走过两次：第一次从林芝到拉萨，这一次从拉萨到林芝。其间隔着七八年岁月，说是一条路，其实又已不是同一条路。每一条路看似简单，其实很不简单，一旦深入就会感觉到其间的山高水深。

譬如说眼下这条路，要描述起来非常有难度。对这条路该如何命名？怎样定义？有人叫它拉林公路，有的称之为林拉公路。拉林，还是林拉？这是不能含糊的，就像历史一样不能颠倒。

每一条路都是时空中的延伸。追踪这条路的历史，据说在西汉时已有迹可循。但直到中国进入盛唐时代，一条路才在模糊时空中变得越来越清晰了。这条路曾是文成公主、金城公主远嫁吐蕃的和亲之路，为唐蕃古道的一部分。当年，从唐都长安到青海日月山的漫长一段，其实就是西汉张骞、东汉班超前赴后继蹚出来的丝绸之路，在翻越日月山后，这条路一分为二，分道扬镳：丝绸之路沿着张骞、班超的足迹，继续向西域延伸；而唐蕃古道则涉倒淌河而南下，在纵穿青海腹地后，从中国的西北角进入西南绝域，在如今的西藏昌都折转向西，最终抵达吐蕃王都逻些——拉萨。据说文成公主一路上走了三年多，从十六岁西出长安，到十九岁才抵达拉萨，一个大唐公主就是在这条路上慢慢长大的。她也以柔弱而坚韧的生命，以极其缓慢又无比漫长的方式，完成了对一条路的极限体验。如今，唐蕃古道已如草蛇灰线，早已湮没于天荒地老中，但它还在以别的方式昭示着它的存在。只要走在我眼下正在走的这条路上，随时随地都能看到文成公主、金城公主，还有无数汉藏先辈们留下的遗址或遗迹，这让一条漫长的进藏之路不再是茫然而空洞的想象，每一处遗址或遗迹都像一个个在时空中延伸的里程碑，散发出一个个王朝的气味。

对于唐蕃古道，其实没有必要过度诠释，说穿了它就是一条骡马驿道。从遥远的汉唐到西藏和平解放时，世世代代的藏族同胞在这条路上走了两千年，又一直难以走出这条地老天荒的路。在西藏和平解放之前，这世界屋脊上还没有一条真正意义上的公路，那时从拉萨进出内地，一条通往四川成都，一条通向青海西宁，在西藏的这一段，其实就是同一条路，至原西康省昌都才开始分叉，一路北上，一路东行。无论你走在哪条路上，运送货物全靠人背畜驮，往返一次，少则半载，多则一年，一旦遭遇大雪封山，还不知要阻隔多少天，更不知有多少生命被风暴、雪崩、山洪、泥石流埋葬在这条路上。而在这高山深壑重重阻隔的藏域之内,哪怕距离最近的两个村寨之间,也只有挂在山崖上的羊肠小道才能联系。这样的路,连骡马见了也胆战心惊,唯一能帮助人类走出绝境的只有青藏高原的牦牛。那在沙漠戈壁上忍饥耐渴、负重至远的骆驼,被人类誉为沙漠之舟,而牦牛,则被誉为当之无愧的高原之舟、雪域之舟。在世界第三极,唯有它们才能翻山越岭、负重而行。

高原之舟——牦牛

牦牛并非超然出众的动物,但它们生存于高原的生命里,它们就是高原生命的一部分,高原造就了他们矮小而强健的腿脚,在世界屋脊上踏出了最深刻的蹄印。西藏的每一条路,最初可能都是牦牛踏出来的，只要看见了牦牛，这西南绝域就没有绝境。我对西藏的第一印象也是从牦牛开始的，无论走到哪里，你都会看见它们。它们从不大摇大摆，而是缓慢地、沉稳地、神态专注地行走在路边上那一尺来宽的地方，另一边就是悬崖或深渊。偶尔也有意外发生，那是 2010 年早春，我第一次进藏，当我们乘坐的越野车穿行在雅鲁藏布江大峡谷里时，一头牦牛忽然发力，开始追赶我们这辆越野车。我被它又猛又快的速度震惊了，它一声不吭，一直穷追不舍。对这头奔跑的牦牛我一直匪夷所思，我也一直没有忘记它映现在后视镜里的形象，满头白色的卷毛，背脊上的鬃毛和蹄子也是白色的，当它飞奔时，那背脊上的鬃毛呼呼生风，充满了惊人的穿透力和感染力，一直贯穿了我这么多年来的记忆。后来我发现，它对我们并没有敌意，兴许，它只是对某种比自己跑得还快的怪物充满了好奇。又或许，它只是本能地想要追赶什么。动物，几乎所有动物都有让人类难以理喻的本能，而在藏族人心中，这高原上的每一种动物都是生灵，甚至是神灵。但在这样的追赶中，它们有时候会把自己跑丢，再也找不到回家的路，但任何一片高原牧场都会收留它们。西藏从来没有丢失过自己的孩子，无论是人，还是别的生灵。

　　我在拉萨拜访了世界上第一座牦牛博物馆，这是由援藏干部吴雨初筹资兴建的。而他的初心，源于他一次陷入绝境的经历。那是 20 世纪 70 年代，吴雨初大学毕业后请缨援藏。一次，他和运送救灾物资的车队遭遇暴风雪，一条路在迷茫的风雪中消失了，一辆车连同一车人也迷失了方向。经历五天四夜的围困，连高轮载重卡车都已被半埋在雪堆里。雪域高原，这时候你才理解它的真义，除了白茫茫的雪原，整个世界一片空白。当人类深陷于这样的绝境，甚至连绝望也没有，脑子里是一片绝对的空白。这其实已是一种濒死的状态。然而一阵吆喝声忽然唤醒了他们。在他们的视线里，一队牦牛在冰雪的寒光中慢慢地走向他们，仿佛在光环中降临的神灵。那一刻，吴雨初蓦地感到一阵莫名的感动，是牦牛那沉静而专注的神态，一下深深地打动了他。

在这崇高而又辽阔的高原上，你其实不必担心会迷失自己。当我走在一条路上，总感觉到一种双重的指引：一条是那条由遗址、遗迹和牦牛的身影勾勒出的唐蕃古道；一条是在眼前这明亮而清晰的视野中不断延伸的大道。彼此仿佛在互相验证，互为因果，却又神秘地合二为一。有了这样的指引，就可以从一个历史开端到另一个必然的开端，那也是西藏之路划时代的开端。

如今进出西藏的每一条路，都可追踪到1950年那划时代的一年。随着人民解放军挺进雪域高原的征途，"一面进军，一面修路"，一条条通往世界屋脊的路，沿着他们"筚路蓝缕，以启山林"的足迹，在时空的山脉中逶迤延伸——

第一支进藏队伍为新疆军区独立骑兵师进藏先遣连。1950年8月1日，在人民军队的诞生日，这支由汉、蒙古、回、藏、维吾尔、哈萨克、锡伯等民族共136人组成的先遣连，在团保卫股长李狄三率领下从新疆于田普鲁出发，他们沿途翻越了海拔6420米的昆仑山和海拔7615米的冈底斯山东君拉达坂（"达坂"意为"高高的山口"），穿越数百公里的无人区，终于在第二年8月3日抵达藏北高原的阿里首府噶大克（今噶尔县狮泉河镇）。这支队伍，每一个都是严格挑选出来的有着强健体魄和顽强意志的精兵强将，然而在挺进和驻守藏北的一年间，在生存环境的极限状态下，李狄三等63名指战员相继倒下，以生命献祭高原。这支先遣连，就是从新疆进藏的探路者，西藏和平解放后，沿着他们悲壮的征途修建了新藏公路。

1951年5月23日，中央人民政府和西藏地方政府签订了《关于和平解放西藏办法的协议》，为人民解放军进军西藏扫清了障碍。当年8月下旬，由西北局组成的十八军独立支队，从青海都兰县香日德镇向拉萨进发。对于他们，长江上源通天河是他们要逾越的第一道天险：河谷两边的悬崖绝壁几乎是垂直的，站在悬崖边上往下看，一条被挤压在峡谷内的河流像困兽一样地咆哮着，它掀起的巨浪猛烈地冲击着两边的崖壁，到处都是松动的石头和裂缝，嘎吱嘎吱作响，随时都会塌方、坠落。为了横渡这条狭窄的河流，独立支队用了半个多月时间，一百多头骡马和牦牛被激流或漩涡卷走，还有十几名战士牺牲。那一个个生龙活虎的生命，眨眼间就变成了遗体，摆在荒凉河谷的两岸，连那些逃过一劫的骡马看了，两腿都直打寒颤。

接下来，他们还要翻过青海和西藏的天然分界线——唐古拉山。

唐古拉山海拔超过6000米，藏语意为"高原上的山岭"，随着山势越来越高，空气越来越稀薄，每个人的胸脯像拉风箱般一起一伏，大口大口地喘息着，有人走着走着就倒下了。不说人类，即便那些惯于在高原行走的骡马和牦牛爬到这样的高度也连连打晃儿，口吐白沫，纷纷倒毙。经历了三个多月的长途跋涉，部队终于在11月18日走进了林周县唐古乡普央岗钦峰下的一个大峡谷。林周如今已是拉萨市的属县，但此地距拉萨还有两百多公里，接下来的路大多在海拔4000米以下，这意味着，独立支队已经走过了最艰险的征途。峡谷一般海拔较低，拉萨河从峡谷间穿过，流向墨竹工卡县。林周县境内的拉萨河，沿河两岸大多是河谷冲积平原，是牛羊成群的天然牧场。眼看天色已近黄昏，他们决定今晚在此安营扎寨。帐篷刚刚搭好，晚炊的灶火也已点燃，顷刻间，一阵闷雷仿佛从大地深处滚过，天地间的一切都摇晃起来，锅碗瓢盆四处翻滚，战士们随着剧烈的震动和摇晃连站都站不稳了，牧场上的那些牛羊更是惊恐万状，发疯般地尖叫，慌不择路地奔逃冲撞，仿佛世界末日降临了。战士们一开始还以为是风云突变，但他们很快就意识到这是一场比风云突变更大的灾难。有人大声喊叫起来："啊，不好，发地震了！"这是一次发生在当雄—崩错与纳木湖之间的大地震，其强度达里氏8级，是西藏有史以来发生的最强地震之一，造成地表破裂的最大水平位移。这些都是他们后来才知道的，但独立支队在第一时间即向中央发出了当地发生地震的急报，连毛泽东主席都惊动了，连夜便派人到地震局询问情况，随后，中央复电让独立支队迅速撤离震区。据一些过来人回忆，毛主席当时还说过这样一句话："能跑出多少人是多少人，别让给包了饺子！"接到中央复电后，部队于凌晨两点奉命撤离震区。当时余震不断，夜雾与浓烟弥漫在一起，什么也看不清，只听见峡谷间一阵阵如闷雷般的巨石滚动声。不幸中的万幸，幸亏这儿是一片地势开阔的河谷地，若是在大渡河那样逼仄的峡谷里，十八军独立支队还真可能"给包了饺子"。经过一天一夜的急行军，他们终于走出了险境，离拉萨已经很近了。

为了追踪这条路，我反复察看过地图，他们从林周县到拉萨的这条路，一路沿着拉萨河谷前行，经墨竹工卡、达孜奔向拉萨，而这正是如今的林拉公路拉萨段，也是我追踪的第一段路。这支部队，也可谓是从青海到西藏的先驱，沿着他们的征途，随后便修建了青藏公路，这条路东起西宁，向西经过格尔木折向南行，跨越长江上源、昆仑山和唐古拉等大山，经那曲到达拉萨，全长2100公里。这也是一条穿行在地震带上的公路，走在这条路上，随时随地都能看见地震山裂所造成的断裂，无论你怎样修复也会留下痕迹，就像伤口愈合后的伤疤。

就在先遣连、独立支队相继挺进西藏时，为了策应十八军主力进藏，中共中央西南局第一书记邓小平和西南军政委员会主席刘伯承命令驻守云南的第十四军抽一个精干团（126团），从滇西北经德钦、科麦溯雅鲁藏布江西进，进驻藏东南高山峡谷区的察隅县。他们走过的一部分路段，后来成为214国道——滇藏公路的一部分。

随着三支先头部队分别从新疆、青海、云南挺进西藏，1951年8月28日，十八军军长张国华、政委谭冠三率军直机关、警卫营从昌都出发向拉萨进军，十八军主力部队开始进藏。昌都古称"康"或"客木"，原为吐蕃王国的一部分，明清以后统称此地为康藏地区，民国时属原西康省。此地位于横断山脉和金沙江、澜沧江、怒江等三江流域，处在西藏与原西康省、青海、云南交界的之咽喉部位。在十八军主力挺进西藏时，一部分指战员被分配到了新组建的"十八军支援司令部"，这是一手拿枪，一手拿着铁锤、钢钎和十字镐的支援部队，他们最艰巨的任务就是以最快的速度打通一条从原西康省会雅安、经昌都到拉萨的公路——康藏公路。

为了加快速度修通一条路，康藏公路是两头修，一头是十八军主力部队的七个步兵团，由西康向西藏拉萨的方向修，还有一个先行入藏的步兵团（155团），由拉萨自西向东修过来。这一共八个团，加上沿线支援的民工，共有十万军民上路，千军万马大会战，一摆就是几百里。李白哀叹蜀道之难："噫吁嚱，危乎高哉！蜀道之难，难于上青天！……尔来四万八千岁，不与秦塞通人烟。"而要为与世隔绝的西南绝域打通一条路，不知要比蜀道难多少倍，它沿途穿越横断山脉、念青唐古拉山脉、喜马拉雅山脉，其间有二郎山、折多山、雀儿山、色季拉山等十四座人类难以逾越的大山，跨越岷江、大渡河、金沙江、怒江、雅鲁藏布江的两大支流拉萨河和尼洋河，

念青唐古拉山脉

还要横穿龙门山、青尼洞、澜沧江、通麦等八条地质大断裂带，所有进藏之路的灾难性症状，几乎都集中反映在这条路上。哪怕经历过长征的老战士，也倍感这两千多公里的康藏路比二万五千里长征还要艰险。

高寒缺氧，是所有西藏之路的通病，这对于绝大多数来自内地低海拔地区的军人是第一道生死关。几乎所有人都得了高原病，脸像茄子一样发紫，嘴皮发干，像干涸发黑的血迹，时间一长，眼睛凹进去，连手指甲盖都凹进去了。天寒地冻，一感冒就可能得肺水肿，那是要命的。但一旦你认准了这条路，就没谁叫过一声苦。那时候的施工设备和施工技术都非常落后，战士们只能挥舞着铁锤、钢钎、铁锹和十字镐，在火星四溅中劈开悬崖峭壁，那峭壁狭窄得连立足之地也没有，只能靠绳子悬在空中，命悬一线，生死只在瞬息间。一天干下来，那锤子、钢钎都血糊糊地粘在手心里了，只能连皮带肉撕下来。高原之夜，有时候会降到零下三十多摄氏度，战士们躺在帐篷里，睡的是地铺，有的战士白天干了一天活，夜里躺在帐篷里就悄无声息地离开了人世。那挨着他一起睡的战友还不知道，早晨喊他起床，喊一声，没吭气，喊第二遍，还是没吭气，掀开被子一看，才发现他浑身都僵硬冰凉了，早已没气了。没人知道，他们是累死的、冻死的，还是病死的。这条路，就是十八军将士用生命和血肉铺出来的，为修通这两千多公里路，有两千多军民献出了生命，每一公里路上就长眠着一个献祭高原的生命。一路上，那一个接一个的烈士陵园、累累的坟墓，把天地间的一切衬托得静极了。谁都把一条路喻为生命线，对于西藏之路，这从来就不是一个比喻，每一条路都是真正意义的生命线。

在那无限遥远的路途上，总有一个又一个标志性的里程碑出现。1954年12月25日，共和国历史上最早的两条进藏公路——康藏公路和青藏公路举行了通车典礼，从这两条路上分别开来的350辆汽车，最终殊途同归，在世界屋脊的布达拉宫广场完成了一场划时代的会师。十八军政委谭冠三在主持通车典礼后，又意犹未尽、满腹惆怅抒写了一首悲壮的七律："猛士身躯埋沟壑，天险从此变通途。壮志已酬无遗憾，万叠惊涛敬英灵。"这首诗不能单纯地用艺术欣赏的眼光看，这是一首必须用生命去体验、去感悟的天路绝唱，那天险与通途、猛士与英灵的相互映照,不只是抒发了一位军人壮志已酬的慷慨,更多是告慰捐躯者的一腔悲歌。为打通这两条通往世界屋脊的路,一共有三千多猛士为之捐躯,化为经世不灭的高原之魂。

对这两条路的划时代意义,我觉得怎么形容、怎么诠释都不为过,这是世界公路建设史上的奇迹、"人类公路建设史上的伟大壮举"。随着康藏、青藏两路开通,这片占共和国版图八分之一的高原大地从此告别了无公路的历史,从拉萨到西宁和成都的时间距离从此被大大缩短了,原来往返一次需要半年乃至一年,两路通车后只需两三天时间。而其更直接也更深远的意义,是把西藏从一个封闭的封建农奴制社会直接推向了一个与新中国同步、与世界接轨的时代。

如今,当我们回过头来打量一条条西藏之路,若撇开了人民解放军的进藏之路几乎都没有了来由。当红旗插上世界屋脊,从新疆、青海、西康、云南的四条进藏公路或已初具雏形,或已浮现轮廓,若要看清楚,还得对几条进藏公路的来龙去脉进行一番梳理——

新藏公路,即现在的国道219线,1956年3月正式开工,1957年10月6日通车。这条路全长2140公里,北起新疆喀什地区的叶城县,南至西藏日喀则市拉孜县,又称叶拉公路。这是世界上海拔最高、最艰险公路之一,为了修通这条路,牺牲了上千名解放军指战员。

青藏公路，在四条主要进藏公路中，这条路一直都扮演着绝对的主力，是进藏公路中最繁忙的一条线路，一年四季都能通车，其中在青海境内大部分为国家二级公路，部分路段已修通了高速公路或高等级公路。很多四川、重庆的车辆都舍近求远，绕道青海，走青藏公路进藏，这比走川藏线更快，更安全。如今，这条路已是从北京到拉萨的109国道的一段主干线。早在20世纪60年代，就有一首风靡全国的红歌《毛主席派人来》，唱出了西藏人民的梦想，"一条金色的飘带把北京和拉萨连起来"，歌唱的就是这条路。另外，还有一条北京到拉萨的京藏高速公路（G6），为国家高速公路网的重要组成部分，但从青海格尔木至拉萨这一段，在地图上标示出的还是一段待建的虚线，而何时才能把这条虚线变为一条实线，还是青藏高原的一个大梦。

康藏公路，在西康废省后改称川藏公路，但改变的不只是一个名称，而是实际上的延伸，如今的川藏公路东起成都，西至拉萨，从出发点到目的地都十分明确，但说来又很复杂，这不是一条路，而是由318国道、317国道、214国道、109国道的部分路段组成的一个路网。318国道东起上海，途径江苏、浙江、安徽、湖北、重庆、四川，横跨中国东中西部，终点为西藏聂拉木县樟木镇中尼边界的友谊桥，全长5476公里，是中国迄今为止最长的一条国道。318国道进藏之后，又分为川藏南线和中尼公路两部分。317国道也称为川藏公路北线或318国道支线，起点为成都，终点为西藏那曲，全长 2034 公里，是西藏公路主骨架网"三纵两横六通道"中北横线的组成部分。

特别值得一提的是 214 国道，全线分为两段：一段是青康公路，从西宁到昌都市最东部的芒康，与唐蕃古道的走向大体一致；一段是滇藏公路，214 国道在芒康与 318 国道交会后，进藏车辆可以转 318 国道前往拉萨或进入西藏腹地，而 214 国道还将继续向南延伸，其终点为中缅边境的云南景洪，也就是滇藏公路主干线。

清人陈澹然尝谓："不谋万世者，不足谋一时；不谋全局者，不足谋一域。"

每一条路都不是孤立的存在，必须纳入国家公路网甚至国际公路网的大循环体系，否则就是一条走不出去的断肠路或断头路。

从国家交通战略的大框架看，我国已规划构建了以高速公路为主的"五纵七横"国道主干线或公路网主骨架，这也是迄今以来世界最大规模高速公路项目。"五纵"为黑龙江省家佳木斯市的同江至海南三亚、北京至广东珠海、重庆至广西北海、北京至福州、内蒙古二连浩特至云南省南端的边境口岸河口；"七横"为江苏连云港至新疆霍尔果斯、上海至成都、上海至云南省西部的瑞丽、衡阳至昆明、青岛至银川、辽宁丹东至拉萨、黑龙江绥芬河至内蒙古满洲里。其中，对于西藏最重要的就是丹东到拉萨的这一横，这是一条贯穿中国大陆的东、中、西部的国道主干线（G045 丹拉高速），西藏公路网通过这条路可以直接进入"五纵七横"国道主干线大系统。不过，目前这条路对于西藏也是一条待建的虚线。

　　从西藏看，目前已初步形成以拉萨为中心、"三纵两横六通道"为主骨架的综合交通运输体系，以公路运输为主，铁路、民航、邮政为辅，各种交通运输方式相互融合、相互衔接、相互协调，辐射西藏中、东、西三个经济区。这里只说目前进出西藏的几条公路主干线："三纵"为109国道——青藏公路、214国道——青康公路和滇藏公路、219国道——新藏公路；"两横"为318国道——川藏南线和中尼公路、317国道——川藏北线。无论南线还是北线，川藏公路都是从西藏进入内地的一条捷径，然而直到今天，川藏公路仍被人们视为高居第一的"中国十大夺命公路"，那些国外地理学家、路桥专家和探险家来看过之后，也纷纷惊呼，这是世界最危险的公路，这个工程只有中国人才干得了。

　　同青藏线等几条进藏公路相比，川藏公路不只是高寒缺氧，还有更甚于其他路线的极其恶劣的自然条件。这条路山重水复，一个急转弯紧接着一个急转弯，险象环生。尤其是从龙门山到通麦等八条地质大断裂带，海拔变动剧烈，沿线山体土质疏松，地形、地质十分复杂又变幻莫测，又加之遍布雪山河流，一遇风雨或冰雪融化，就会导致泥石流、山体滑坡、冰湖雪山崩塌等各类地质灾害，沿途路面和桥梁设施经常遭到破坏，哪怕一段很短的路途中断，也会造成大面积交通瘫痪，那些被阻车辆在悬崖边上排着长龙阵，哪怕你眼睁睁地看着塌方坠石滚滚而下，也没处闪避。另一方面，在当初那样简陋的条件下施工，为了尽快打通一条路，不可避免地造成施工粗糙，工程等级低，而往往越是险关，越是难以拓展路面，道路愈加狭窄，仅能容一辆车勉勉强强通过，一旦会车，一辆车紧挨崖壁，另一辆车则被逼到悬崖边上，大半个车轮都悬在悬崖边。入冬之后，路面结冰，只能将大雪封山的道路用铲雪机推开，但车轮将路上的积雪碾压成冰后，又溜又滑，时常发生车毁人亡的事故。而在大雪封山之后，这条路压根就不能走了。

雪域高原的筑路人，把一条路描述为三境界，从无到有，从有到通，从通到畅。半个多世纪来，川藏公路历经多次大规模整修，小修更是不计其数，而在很长一段时间里，一直是军人承担着公路的维修抢险，有时候一段路刚刚修通，转眼又被雪崩、泥石流埋葬，一切又得重来，修了塌，塌了修，一切为了保通。而何时能够畅通，又是人们梦寐以求的一个长梦。直到今天，那极为险峻的路段依然是卡脖子的"瓶颈"、难以畅通的"肠梗阻"。近年来，为了把川藏线打造为一条安全高效、畅通无阻的大动脉，国家又启动了对川藏全线的改造升级工程。一条路在时空中绵延了六十多年，至此，终于可以切入我此行的主题。

眼前，我正在追踪的这条路，这是国道318线改造工程中的一段，起于林芝市林芝镇真巴村，终点为拉萨市柳梧新区，全长约400公里。千万别小看了这400公里路，看看下面的叙述就知道有多重要——

这是国家公路网规划中川藏高速的一部分；

这是西藏首条跨省区高等级公路组成部分,也是中央第六次西藏工作座谈会确定的发展重大项目,也可谓是国家重点工程;

这是西藏自治区公路网的主骨架,是西部大开发省际公路连接线的重要组成部分……

对这条路,一般都叫它林拉公路或林拉高等级公路,其实还有一个更严谨的命名或定义——国道318线林芝至拉萨公路改造工程。但它实际上已撇开了原318国道(沿线老乡们如今都叫老318国道),另辟蹊径。也有人称之为林拉高速公路,这条路也确实是按高速公路的标准打造的,双向四车道,设计时速为每小时八十公里,全线

老318国道

建成通车后,林芝至拉萨的行车时间将缩短近一半。还记得八年前,我第一次进藏,从林芝到拉萨,走的是原318国道,一路上还算顺利,也差不多用了近十个小时,那么等到这条新路全线通车后,就只要

四五个钟头了。这个速度也算是高速了,但它又与高速公路不同,我国高速公路为全封闭的、全部控制出入口的干线公路,每一个出

风雨泥泞的老318国道

入口都设收费站，而林拉公路是开放的，所有匝道是敞开的，全程不设收费站，因此被定位为"林拉高等级公路"。

公路一般分为高速公路、一级公路、二级公路、三级公路、四级公路五个等级，达到二级标准就可跻身为高等级公路了。西藏的第一条高等级公路是贡嘎机场到拉萨市区的拉贡机场专用公路，2011年7月通车，全线采用一级公路技术标准，这个标准其实也是林拉公路的标准，双向四车道，设计时速每小时八十公里。尽管拉贡机场专用公路很短，还不到40公里，却具有划时代的意义，西藏从此结束了没有高等级公路的历史，终于迈入了"高速时代"。西藏之路，从最初的骡马驿道、牦牛之路到土路、砂石路、柏油路，再到第一条高等级公路，其实又岂止是一条路的历史变迁。路，道路，这其实并非一个现代汉语词汇，早在《周礼》中便有司险"掌九州之图，以周知其山林川泽之阻，而达其道路"，其间也蕴含了老子所揭示的天地万物皆由道生成之过程，当人类陷入走投无路的绝境，别说生，只会被生生困死。所谓真理，往往就是常识。西藏的每一条公路都是从无到有。而在第一条高等级公路诞生之前，西藏最好的路也就是三级公路，能达到五级公路就已了不得了，毕竟上了等级，大多是等外级的土路或石子路，有些地方根本就没有路。

若按老子"道生一，一生二，二生三，三生万物"的道理，西藏的第一条高等级公路诞生了，自然就会有第二条、第三条……对于高速路网密布的内地尤其是广东等沿海发达地区，这似乎是轻而易举的事，然而对高居世界屋脊的西藏，每一条路都是天路，它们在天际云端穿行，缥缈若不切实际的幻想，而天路不只是海拔之高，几乎无处不是"层岩叠嶂，屹然天险"，几乎每一条路都是"人类公路建设史上的伟大壮举"。只有理解了"天险"的题中之义，才能真正理解什么是天路，这也是西藏之行给我的最深刻、最震撼的启示。而就在这样的震撼中，在三百万藏域人民的翘首企盼中，西藏的第二条高等级公路，终于在 2013 年 7 月破土动工了。

我这次进藏时，这条通往世界屋脊的天路，从开工至今已进入第四个年头，仍在夜以继日地施工。这是一条怎样的路，何时才能全线通车，这背后又有多少不为人所知的秘密？这就是我此行的使命，我想探寻其中的奥秘，我想把一条西藏之路的来龙去脉看清楚。

○ 从拉萨到墨竹工卡……

这一次我是逆向而行，从拉萨出发，这让我对一条公路的追踪变成了倒叙。

我的出发点，是一座纪念碑。从布达拉宫广场走向拉萨河畔，一座碑在视野中逐渐放大，看上去比世界屋脊还高。这是远和近所产生的视觉误差，却也是最真实的历史。这座青藏川藏公路纪念碑，是1984年为纪念"两路"通车三十周年而建。站在这里，你立刻就能感觉到某种呼应，一座以喜马拉雅山脉为背景的纪念碑，与一座屹立

青藏川藏公路纪念碑

于北玛布日山上的布达拉宫，在遥相呼应间，就是一条贯穿拉萨市的南北中轴线。拉萨，一座阳光四射的太阳城，一条条以拉萨为中心的公路网，如光芒四射的阳光，由此而辐射到雪域高原的每一个角落。

如今，一转眼，三十多年又过去了。人类早已洞悉了河流与岁月一去不返的本质，那些在岁月河流中匆匆掠过的身影，或早已逝去，或正在远去，刹那间，我忽然觉悟了这座纪念碑的意义，它无法挽留流逝的岁月，但它以屹立而不倒的姿势填补了我们的记忆空白，你可以由此出发，每一条路，在无尽的岁月中都是没有尽头的延伸。

在出发之前，我们的藏族司机西绕把一辆越野车又仔细检查了

笔者和司机西绕

一遍,他下意识地咬住下唇,攥着一把磨得发亮的扳手,把每一颗螺丝都拧紧了。他的眉头也拧得很紧。这是一位生长于昌都的康巴汉子,一眼就能看出他剽悍的骨骼,还有那有棱有角的脸。这是一条硬汉子,充满了力量感。他驾驭一辆越野车的姿态就像在驾驭一匹骏马,那握着方向盘的双手就像握着马缰,抬头,挺胸,身体微微前倾,紧抿着嘴角一声不吭。

看着他,我的神经一下绷紧了。我预感到那将是一条非同寻常的路。

一条神圣的河,一座神奇的山,在这西南绝域构成了两道绝美而又凶险的屏障,以鬼斧神工的方式,在山河之间营造了一片神奇秘境。

拉萨河,藏语名"吉曲",意为"快乐河"或"幸福河",这是拉萨的母亲河,也是西藏人民心中的圣水。在西藏的每一个角落,你都会看见一路磕着等身长头、五体投地、匍匐而行的朝圣者,而拉萨河就是他们一生一世必将抵达的圣河,他们将在这条河里洗去尘世的一切烦恼和忧愁,完成一次脱胎换骨的洗礼,然后去拥抱快乐和幸福。

每一条河流的源头都是山。拉萨河发源于念青唐古拉山脉中段,这座山为西藏三大神山(冈底斯、念青唐拉、玛积雪山)之一,其主峰海拔超过7000米,山脉横贯西藏中东部,将西藏天然地划分为藏北、藏南、藏东南三大区域。相传山里有一座神秘的水晶宫,宫

拉萨河

底是甘露之海。那座水晶宫,其实就是这座神山孕育的冰川,那是青藏高原东南部最大的冰川。念青唐古拉山脉东段为雅鲁藏布江和怒江分水岭,西北侧为藏北大湖区,其中最大的一个湖就是世界上与天距离最近的湖——纳木错,十八军独立支队当年遭遇的大地震,就在这一带发生。而源出中段的拉萨河干流,从东北向西南伸展,随着山势逶迤蜿蜒呈一个巨大的"S"形,沿途流经墨竹工卡、达孜、拉萨,最终在拉萨南郊汇入雅鲁藏布江,成为雅鲁藏布江的五大支流之一。

一条路,一直穿行于拉萨河的"U"形河谷里。这是世界上海拔最高的河流之一,她流经的这一段路,实际上就是林拉公路的倒数第一段——从拉萨到墨竹工卡段,这也是林拉公路一期工程拉萨段,全长57公里。林拉公路分两期施工,也是两头施工,一头从拉萨往林芝的方向修,一头从林芝往拉萨的方向修。

从拉萨到墨竹工卡

这条路也是我的思路。我能有这样清晰的思路,应该感谢我此行的向导——西藏重点公路项目管理中心办公室副主任康维成。他是一个高大的西北汉子，和我年岁差不多，我就叫他老康了。老康是甘肃嘉峪关人，十多年前，他从河西走廊西端的天下第一雄关嘉峪关走进西藏高原，投身于西藏公路建设，西藏的每一条路都留下了他那大脚板印。如今，他已是西藏公路的一本活字典，对每一条路的前世今生熟悉得就像自己手上的掌纹，而每一条路又与山脉、河流有着命运攸关的联系。

从拉萨过来的第一个县境，很快就到了，这是拉萨的东大门达孜，藏语意为"虎峰"，一听这名字便让人头皮一紧。我们走的是老318国道，也就是老川藏线的一段，只要提到川藏线，一种惊心动魄的感觉说来就来了。一直没吭声的西绕这时候开口了："这是一条会跳舞的路……"他话音未落，我还没反应过来，一辆越野车就蹦蹦跳跳起来，感觉不是在大地上颠簸，而是飞机在穿过强对流的云层，那是一种失重的摇晃起伏，很悬，连心都悬了起来。这与海拔太高有关，我心里、胃里都在翻江倒海，几次差点呕出来。这时，你才能感觉西绕还真是一位经验丰富的司机，他几乎把西藏所有的路走遍了，在一条坑坑洼洼、四处开裂的路上，他一直牢牢地把握着方向盘，而在我的右手边就是悬崖，那车轱辘几乎紧贴着悬崖，一个闪失就——完了！这条路其实不长，但我感觉比一生还漫长，当一辆车从颠簸状态中走出来，我才暗暗喘了口气，感觉从死亡的边缘又回到了人间。

穿过一片稀稀拉拉的灌木丛，在林拉高等级公路和老318国道之间有一排简易楼房，背靠一座深褐色的大山。在拉萨河谷两边，几乎所有的房子都有一座靠山，山是背景，也是处境。这座山，是从念青唐古拉山延伸而来的余脉，山脚下长着几棵瘦骨嶙峋的老树，不知长了多少年头了，还是那么瘦小。除此之外，整个山上看不见一棵树。一座山的海拔高度，看看这里的植被就知道，这儿至少在海拔 4000 米左右。这是我能抵抗高原反应的临界线。此时天色还早，那山巅上还挂着几缕没有消逝的曙色，看上去就是这山上最鲜亮的风景了。这里就是我们要造访的第一个地方——国道 318 线拉萨段建设指挥部。那院子很大，空荡荡的，没几个人影，也没看见施工设备。我正四下张望时，一个瘦高个儿、脸色黢黑的汉子一溜小跑着迎上来，不用问，我也知道，这就是我要找的第一人，拉萨段建设指挥部总工董世华。

笔者在林拉公路拉萨段采访，左为拉萨段指挥部总工董世华

老康已经提前跟他联系过了，他提溜着一串安全帽，给我们一人发了一顶，就一脸急切地说："施工人员一大早都上工地了，我也得赶紧去啊，咱们就边走边看吧。"

一听此言，我才明白，难怪这院子空荡荡的，那施工的人马早就上工地去了。

上了车，我有意无意地打量着身边这汉子。在西藏，尤其是在西藏公路的建设工地上，很难看出一个人的真实年龄。老董看上去已是满目沧桑，高原粗犷而干燥的季风吹白了他的鬓角，随着发际不断后退，那被烈日晒得黑里透红的额头显得越来越宽阔了。我还以为这汉子已年过天命了，一问，才知道他是1973年出生的，还不到四十五岁，若按国际标准他还是青年呢，但看上去比他的实际年龄要大得多。但那一身军人气质倒是一眼就能看出，他原为驻藏武警交通部队的高级工程师，作为一位退伍转业军人，他虽已退伍却一直没有转业，依然转战在西藏各地的公路建设工地上。不过，他在西藏担任高等级公路的总工程师，还是"开天辟地"的头一回。

开天辟地，是筑路人挂在嘴边的一句话，尤其是在这世界屋脊上筑路，这不是什么豪言壮语，而是最真实的写照，但这个口头禅要彻底改写了。如今已不是"喝令三山五岳开道"，一切得从尊重自然、顺应自然、保护自然这条底线出发，在路基选线时，第一要考虑的就是如何保护好雪域高原的山山水水、一草一木，而最好的保护就是两个字：避让。

那又如何避让呢？老董没着急说，让我先看看。

西藏十里不同天，一会儿出太阳，一会儿下雨，有时候就在太阳底下下着雨。这大环境中也有小气候，达孜的小气候在林拉公路沿线算是不错的，地势南北高，中间低，北部和南部分别是东西横贯的恰拉山、郭嘎拉日山，平均海拔超过4000米，中间为拉萨河谷。别看这地势低洼的河谷，最低海拔也有3730米，比拉萨市区还高。但在这宽敞的河谷里感觉不到海拔之高，也感觉不到河流的落差。这里的河水是青黄色的，从河滩的湿草甸和沼泽地缓缓流过，比河流更缓慢的是牦牛、羊群和那些黑黝黝的藏香猪。在藏族人心中，它们不是牲口，而是生灵，这里的一切生灵都是黑色的，黑得油光闪亮，它们拥有特别发达的心肺功能和健壮的体格，无论气候多么恶劣，一年到头几乎不生病。别看它们那慢吞吞、笨呼呼的样子，可一旦奔跑起来连越野车也追得上。眼下，它们只是懒得跑，就像没看见车开过来似的，一副爱理不理、旁若无人的样子，只管低着头吃草，那水脆脆的声音听起来很快乐、很幸福。

这个季节，正是"草长莺飞二月天"，可惜没有莺，但有一群传说中的黑颈鹤在视野中渐渐浮现，然后变得越来越清晰，那头部、前颈及飞羽、尾羽都是黑色或褐黑色的，只有体羽是银灰色或银白色的，但第一眼看见不是别的，而是镶嵌在那眉眼间的一颗红玛瑙，远远就看见它在闪烁发光。走近了，又发现这迷人的生命真是千姿百态，有的单脚独立于河边，将那又尖又长的喙斜插在背部的白色羽毛中,像是睡着了,却又睁着一只眼闭着一只眼。有的正在浅水湾中觅食,偶尔会溅起一条小鱼,那银白色的粼光在透明的空气中一划而过。连牦牛背上也落着几只黑颈鹤,那牦牛也不生气,还笑眯眯地摇着尾巴。

这恬静而安逸的世界,让我在不知不觉间把一条路都给忘了。但那些黑颈鹤特别警觉,当我们的越野车驶近时,它们纷纷发出了"嗰、嗰、嗰"的叫声,乍一听就像蝈蝈的叫声,但比蝈蝈的叫声更急促。除了我这个不速之客,这车上的几个人都能听懂鸟语,他们一听就知道,这是黑颈鹤在感觉到危险时发出的警告。果然,黑颈鹤一边发出警告,一边扑棱着翅膀,随即纷纷惊飞而起,向远方飞去。远方是山,在视线的尽头,是念青唐古拉山脉在阳光下静静发光的冰雪。但那些黑颈鹤并未飞远,它们一边在河谷上空盘旋,一边发出"嘎咯——嘎咯——嘎咯"的叫声,一听那声音,又明显变了,不再是急切与惊惶,而是激越、洪亮而高昂的叫声。老康一听这叫声就乐了,"哈,听听这叫声!黑颈鹤发现我们没有伤害他们的意思,就不会落荒而逃了,马上就要凯旋了。"还真是,过了一会儿,那些黑颈鹤便像云彩一样成群地降落了,它们还挺着脖子、拍着翅膀在我们面前转了几圈,那是一种胜利者的炫耀姿态,然后又回归了它们栖息或觅食的状态。

一个人在这高原上待久了,不但能听懂鸟语,也与这里的一切生命心心相印。

听了他们的讲述，我渐渐对这高原上的精灵有些了解了。黑颈鹤是世界上唯一生长、繁衍在高原的鹤类，每年都会飞到印度、尼泊尔、不丹等南亚国家越冬，等到每年3月底至4月初，也就是农历早春二月，当拉萨河的冰雪开始消融时，它们又会飞回来择偶交配。眼下正是黑颈鹤繁殖的季节，那"嘎——嘎——"的叫声，是雄鹤和雌鹤在互相呼唤，它们一边呼唤，一边把头颈都伸向前方，先是一前一后地相伴而行，随后又忽悠悠地展翅偎依，比翼双飞，但飞得很低，几乎是紧贴在草尖和浪花上盘旋，那低低的叫声如做梦一般地呢喃着。当那两翼半展的雌鸟腿脚微微弯曲、徐徐降落，在"哆、哆、哆……"的鹤鸣声中，雄鸟一边发出充满激情的应和，一边飞跃到雌鸟背上交尾。这是一个生命交融的奇妙过程。交尾之后，它们就会在四面环水的草墩上或浅滩上的水草丛中筑巢产卵，轮流孵化，一个多月后，一窝雏鹤就出世了，但这些雏鹤天生好斗，同胞之间相互厮杀，尤其在破壳而出后的三天内，这些小家伙们你撕我啄斗得最凶，那羽绒上都沾满了血迹，五只雏鹤里一般只能活下两三只，直到四十多天后，那些幸存的雏鹤们羽翼渐渐丰满了，能够飞翔了，它们才不会这样血淋淋地斗殴厮杀了。

这迷人的生命竟然如此残忍，如何才能让它们避免同胞相残呢？这其实是人类的一厢情愿。对于一切野生的自然生命，这样的厮杀其实也是一种优胜劣汰的自然选择，如此才能把那些最健壮、最顽强的生命保存下来，其优势基因才会世代遗传，从而保存这一物种的生命力不至消退。对这样的优胜劣汰，人类最好的方式就是尊重自然，不要以自己的念头、哪怕是善良的意愿去干预自然生态。

　　这正是一条高等级公路最高级的主题之一，那就是要最大限度地减少对自然生态的干预和破坏，尽最大的可能将这里的原生态保护下来。这西南绝域，无处不是绝美的风景，随便往哪个角落里一走，就像走进了世外桃源，而绝美既是绝世之美，却也美得令人绝望。林拉公路沿线属于高原温带半干旱气候，生态极为脆弱，一旦损毁就不可逆转，那既有的风景不但难以修复，甚至将永远绝迹。然而，在这世界屋脊上修路还真是"开天辟地"的大工程，路是非修不可、势在必行，而修路又必然会引起的一系列生态环境问题，这两者必然是一个悖论，而所谓必然就是不可避免的，你又怎么能保护好沿线的自然生态呢？

　　难啊！老董摇了摇头，下意识地发出一声喟叹。

　　他指了指车窗外的湿草甸说，以前修路那是逢山开山，让山为人类让出一条路来，而挖掘出来的山土又可直接用来填平山谷沟壑，一举两得，还可以节省大量的人力物力；而现在，必须尽量减少对原有地形、地物的破坏，对沿线的村寨、湿地、林地、农田水利设施和自然保护区，凡是能够避让的都要不惜一切代价避开。林拉公路一期工程拉萨段主要沿拉萨河谷布线，线位在海拔4000米以下，拉萨河谷河滩上主要为沙棘灌丛、水柏枝灌丛和人工杨树林，河谷边缘山体上植被主要为以小角柱花、薄皮木、狼牙刺为优势的灌丛草原。由于原318国道已长期存在,工程沿线分布人类活动比较频繁,沿线原有野生动物已经适应这种环境,除了国家一级保护动物黑颈鹤,还有斑头雁、赤麻鸭、棕头鸥等珍稀水禽,在河谷里栖息的还有赤狐,这些都是被列入了西藏自治区二级以上的保护动物。而这条路,紧邻黑颈鹤自然保护区拉萨河流域河谷区,还有部分路段穿越自然保护区缓冲区和核心区,要避让这些野生动物的栖息地,只能让他们选择了一条最艰险的线路。但无论如何避让,也有很多实在无法避开的,譬如这些黑颈鹤栖息和繁殖的湿草甸,那就要采取"以桥代路"的方式。若从修一条路本身看,或从成本核算看,很多桥梁是不必架设的,但为了保护自然生态那就必须架。

从拉萨到墨竹工卡,我们穿越了两座特大桥,一座是曲尼帕特大桥,一座是墨竹工卡特大桥,均为全线重点控制性工程,而曲尼帕特大桥又是重中之重、难上加难。

老董说,这是他进藏以来遇到施工难度最大的一个桥梁工程。

为了看清楚这座大桥重在哪里、难在何处,我们先在桥上走了一个来回,又转到桥下的老318国道上,从头到尾看了一遍。这是一座跨越拉萨河的高架桥,全长1684米,主桥为双幅式,由中交第一公路工程局有限公司(简称中交一公局)第四工程有限公司承建。中交一公局是中国公路建设的一支主力军,从起初承建国内战备公路、国外援建工程的一支筑路队伍,历经半个多世纪的发展,如今成为以承建国内外高等级公路、特大型桥梁为主的国家大型公路工

曲尼帕特大桥

程施工特级企业。2013年12月,一场攻坚战在狂风尖啸中打响了。此时,西藏已进入了漫长而寒冷的冬天,在寒风的猛烈冲击下,每个人都充满了迎战的紧迫,一开工就进入了倒计时。这也是林拉公路筑路人对时间的一种计算方式——倒排工期,他们的目标是要在2015年5月底完成桥梁主体工程,整个施工时间为一年半。这时间似乎也不短了,他们为何要如此争分夺秒?老董的一句话,就让我豁然大悟了,这倒逼机制其实不是人类自己逼迫自己,而是来自自然规律的逼迫,过了5月,就是拉萨河的汛期了,到那时施工更困难,筑起来的围堰还会阻碍拉萨河行洪,而施工必须为洪水让路,这是天理,也是常识,你一条路无论有多么重要,也没有两岸老百姓的生命财产重要啊！这就意味着，你拖延了十来天，甚或一两天，一旦汛期来临，整个工程很可能就会延后一年，一座桥不能按期通车，一条路哪怕别的地方全部贯通了，依然是此路不通。

在别无选择的逼迫下，人类只能把自己的能量发挥到极致。高寒与缺氧是紧密相连的，越是高寒越是缺氧，越是缺氧越是冷得慌。这座桥共五十六跨，绝大多数桥墩都在冰冷刺骨的河水里施工，先要筑起围堰，在河床上钻孔，打下四米深的桩基，筑起一个个桥墩，一座桥梁的难以承受之重，就全靠它们以最坚固的方式来承受了。我是一个迟到者，只能以现在的眼光来打量那过去进行时中的场景，看着那一个个顽强耸立着的桥墩，也不难想象那施工的难度和人类的顽强。面对这样的工程，这样的阵地，绝对没有谁摩拳擦掌，也没有谁斗志昂扬。尽管此时已时过境迁，但作为总工的老董，脸色依然异常严肃，仿佛还在那鏖战的现场临阵指挥。在开工之前，施工单位就立下了军令状，再苦再难，也必须强夺这个阵地。其实，他们也不想搞什么"五加二""白加黑"，这对于人类实在太残忍了，然而他们又不能不采取轮班制、二十四小时不间断作业。为了保证停电不停工，他们还自备了发电机，电一停，他们就火速发动了自备发电机，这荒凉河谷成了不夜的河谷，那灯光和阳光轮番交替，照亮了那些昼夜不息连轴转的筑路工人。

随着第一个桥墩露出水面，耸立起来，第一片T梁开始架设，一座桥的长度才有了时间的意义，开始一节一节地向前延伸。这巨大的T梁又是怎么运进来的呢？运进来了又堆放在哪儿呢？老318国道在施工时被当作施工便道，但作为川藏线的一条主干道，还必须保证车辆的畅通，它的一边已抵着山壁了，另一边又紧挨着拉萨河，几乎没有给人们留下施工的回旋之地。人类又被逼到了别无选择的境地，只能在河谷里填出一片狭窄的场地，临时堆放T梁，架桥机在拼装的时候也只能拼装好一截就往前艰难地推进一截……

2015年5月22日，对于老董，对于这桥梁工地上所有的施工人员，那都是一个终生难忘的日子，那是一个好日子，拉萨河谷在经历了长时间的阴雨天气后，云开日出，天地分明。恰拉山、郭嘎拉日山，还有更远处的念青唐古拉山脉被阳光照亮了，连桥底下的幽谷、跨拱和一个个桥墩也被阳光照得分外清晰，被阳光照亮的还有一座拉萨段长度最长、桥梁曲线半径最小的特大桥，随着最后一片巨大的T梁被高高地吊起来，那一刻，它在蓝天、白云、阳光和一江春水中，恍如天空的作品，又被稳稳当当地安放在人间。

这一天，标志着曲尼帕特大桥终于全桥贯通，比合同交工日期还提前了十来天。

而这个季节，无论是2015年5月，还是2017年5月，那些黑颈鹤早已从它们的越冬地飞回来了，这敏感而又警觉的生灵，是否发现这巨大的变化？这不是鸟儿问答，而是我迟到的追问，也是一座桥梁难以承受的生命之轻。这么一个高难度的大型工程，那些黑颈鹤栖息的湿草甸，还有周边的自然植被，又是怎么避让的呢？

人类还真是充满了智慧,他们在施工之前就把施工范围内的湿草甸和植被连泥带土一块一块揭起来了,这是一个耐心而又细致的过程,就像水稻秧苗移栽一样,而这些高原草甸比秧苗还要珍贵不知多少倍,几千年才能形成一块草甸,那不是不能破坏,而是绝对不能!在移栽之后,还有专门的绿化园林公司浇水、养护。而桥墩施工期,正好是黑颈鹤等珍稀候鸟的南下越冬期,等到它们在第二年春天飞回来时,桥墩施工和水下作业已告一段落,它们栖息和繁殖的湿草甸和四面环水的草墩大多已修复,甚至可以说,那是接近原生态的恢复,几乎看不到人类活动过的痕迹,它们都不知道这个冬天发生了什么。但它们对一座横空出世的大桥兴许会感到突兀,在半空中会有一段惊奇、警觉的盘旋,但它们一下就看到了自己熟悉的湿草甸,那一草一木,连同那味道,都是它们熟悉的。你听那"嘎——嘎——"的叫声,雄鹤和雌鹤又在互相呼唤,它们一边呼唤,一边把头颈都伸向前方,而前方已经多了一座桥、一条路……

跨越曲尼帕特大桥,行不多远,就进入了素有"天边之乡"之称的墨竹工卡县。

墨竹工卡,藏语意为"墨竹思金神住的中间白地",墨竹思金是县境内最大的神山。清代在墨竹工卡设有驿站要道,而自老国道318线修通后,一直是贯穿县境的交通运输的主要干线,在墨竹工卡县内总长80公里,还连接着70条乡村公路。穿越县境,从农区、半农半牧区到牧区,随着山脉与河流的走向,以及海拔的高低,形成了层次丰富的植被结构。从达孜过来，我们沿途经过的主要是半农半牧区，沿途看到青稞、小麦、油菜、牦牛、绵羊、山羊……其中青稞是藏域的主粮，走到哪里青稞就会在哪里出现。此时的青稞播种才一个来月吧，却已长得郁郁葱葱，阳光在春风撩拨的青稞上飞溅，在青稞地里忙碌的都是脸色红润黝黑、身材茁壮的藏族妇女，她们可能是世界上最健康的女人，快乐，活泼，她们的歌声和青稞的清香在田野里四处荡漾，让人仿佛提前感受到了丰收的喜悦与陶醉。她们的信仰和宗教情操，让她们心地纯良，没有一丝杂念。如果世界上还真有最后一片净土，一定就保存在她们的心里。男人呢？一个个高大的藏族汉子赶着一大群羊从栅栏里出来了，浩浩荡荡地涌向河谷里的牧场，与那些日夜敞放，如同野生的牦牛们、藏香猪们汇聚在一起，混杂在一起，它们是完全不同种类的牲畜，但在同一片草地上很少发生争斗，一个个和睦相处、悠然自得。

　　从河谷里的湿草甸延伸到高山草甸，还有漫山遍野的树木，那是柏树、桦树、柳树及各种灌木铺染出的层层叠叠的丛林。这山上还盛产雪莲花、金腰子、冬虫夏草、黄连花、贝母、当归、红景天、龙胆花、红豆杉等珍稀植物，那些高山杜鹃已开得鲜艳欲滴，红得能渗进血液里去。河山之间随处可见黑颈鹤、雪鸡、雉鹑、岩羊、鹿、高山羚羊、香獐、温泉蛇等飞禽走兽，据说这大山里偶尔还会看见狼、马熊、豹子和山猫等猛兽。据说这还真不是传说，当我们驱车从山脚下慢慢驶过时，一阵风吹过，在拂开的树枝间忽然冒出一个毛茸茸的脑袋,两只耳朵尖尖地竖起,一双眼警惕地圆睁着。当我瞥见那黄褐色的皮毛和黑色的花斑,骇了一跳,豹子?还是藏族司机西绕眼尖,他说是山猫。山猫又叫猞猁,比豹子小,但比猫大得多,虽属中型猛兽,却也有一股凛然不可侵犯的威严。这可能是高原丛林中最有忍耐性的野兽,它们很少主动出击、追捕猎物,最擅长的就是守株待兔,它们能连续几天几夜静悄悄地、一动也不动地埋伏在某个地方,或是草丛和灌木丛中,或是大树和石头后边,就像刚才,如果不是一阵风吹开了它隐蔽的树枝,你根本感觉不到它的存在。而一旦猎物走进了它的埋伏圈,它"嗖"地一下冲出来,那速度快得猎物根本来不及反应,就已被它死死地咬住了咽喉。这又是自然生态中的残忍一幕,在弱肉强食的丛林法则中,它们也会成为雪豹与熊等大型猛兽扑食的猎物。

就在林拉一期工程进入扫尾时,在一期工程和二期工程的交接点——墨竹工卡县日多乡境内还发生了一桩"迷案"。那是2015年9月,连续三天晚上,在河谷和山林之间居住的三户牧民家,那厚实的大门被撞开了,冰箱被踹坏了,连衣柜也被掀翻了,牧民家里的面粉、糌粑、牛肉、蔬菜被劫掠一空,满地狼藉。当地公安接到报案,赶到案发现场一看,一个个惊呆了,这入室打劫者太简单、太粗暴了,简直不像是人干的啊!公安赶紧采集犯罪痕迹,连个指纹也没有,却发现了一枚粗大的动物掌印,还有一团棕色的毛发。就在他们继续搜寻"犯罪嫌疑人"留下的痕迹时,在屋后的山林里忽然拱出一个又大又圆的脑袋，那隆起的肩背上露出一身棕色的毛，这和他们发现的那团毛一样啊！几个警察不禁哑然失笑，作案者竟然是一头大马熊！马熊就是西藏棕熊，是世界上最稀少的棕熊之一，属国家一级保护动物。这可是陆地上食肉目体形最大的哺乳动物之一，一头大棕熊有八百多公斤，据说连老虎也不是它的对手。这一场真实版的"熊出没"，让这一带的筑路者又惊又喜：惊的是，在他们身边还有这种大型猛兽出没，对这家伙一定得多加小心；喜的是，这表明他们的环保搞得很好，还没有把这些野生动物惊吓走。不过，这也是大自然对人类发出的警告，当野生动物侵入人类的境地，往往不是它们逾越了自己的界线，而是人类逾越了大自然的界线，侵入了它们的境地。

不用说，这一路上都是必须重点保护的自然生态。老董说，要保护的远不止这些野生动物的栖息地，除了生态环境，还有人文环境、人居环境或社会环境。环保，就是要从各方面与环境融合。在道路中心线两侧各三百米的范围内，一切都纳入了保护范围。譬如说修桥，桥位选择要尽量在河道顺直、稳定地段，从而最大限度地将沿线居民生产、生活影响降到最低。而修路，牵涉的范围就更广了，一条路从头到尾都必须与环保同行。

这一路上，还有一座座掩映在丛林和山崖间的梵宇僧楼。在达孜拉萨河南岸旺古尔山坳建有黄教格鲁派的第一座寺院——甘丹寺，居黄教六大寺之首。在拉萨河东北面扎叶巴山，有一座紧嵌在崖峰壁间的红教宁玛派寺院——扎叶巴寺，为西藏四大隐修地之一。进入墨竹工卡县境后，一座闻名遐迩的寺庙——直孔提寺，其又是噶举派寺庙的代表。离墨竹工卡县城不远，还有一座据说是藏王松赞干布和文成公主亲自选址修建的嘎则寺。拉萨河畔的甲玛乡为松赞干布的诞生地，被称为藏王故里。在松赞干布统治时期，这里是王室大臣会盟的活动中心，松赞干布和文成公主在这一带留下了众多的遗迹。这里也是为西藏和平解放立下了首功的阿沛·阿旺晋美的故乡。这一座座大大小小的寺庙和那些在风雨沧桑中延续至今的古建筑，还有松赞林卡等众多的林卡（园林），以及一个个具有藏地民族风情的村寨，在层岩叠嶂、云遮雾绕的群山间时隐时现，那云雾不只是天地化育而成的，亦有人间煨桑的青烟萦绕于其间。煨桑是藏族拜祭天地诸神的仪式，他们用松柏枝焚起缭绕的烟雾，让一座座神山变得更加神秘。春风吹拂着草木也吹拂着五彩经幡，只要看见了那些大大小小的玛尼堆，就能看见猎猎招展的风马旗。而在藏族虔诚的信仰中，天地间的一切都得到了佛法加持，山是神山，湖是神湖，山泉与河水都是圣洁的神水。譬如说那松赞圣泉，相传文成公主经常掬泉洗脸洗手，焚香沐浴，这美丽的传说又赋予了这圣泉神奇的魅力。这神山圣水间的一草一木、飞禽走兽、鱼虾螺蚌，乃至一只蚂蚁，无一不渗透了神性。

若要在这一带修一条路，从一开始就不是开山拓路之难，而是不能开山之难。你必须尊重藏族同胞虔诚的信仰，你也必须像他们一样心存对大自然的敬畏,在他们心中,天地间每一样东西皆是神圣不可侵犯的,而修路的目的说穿了就是为民造福,而不是让他们伤心。而那些年深月久的老建筑,也和这里的自然生态一样脆弱,不说挨近施工,连在几里外施工放炮也得特别小心,一不小心就牵动了它们敏感的神经,更不用说"震撼"了。为此,老董和施工单位几乎把每一个细节都考虑到了,既要把对自然生态和人文古迹的影响降到最低的程度,还要考虑到如何尽可能减少对当地百姓的生活干扰,让他们能够一如既往地享受世外桃源般的生活。

在施工阶段,对周围环境空气必然会带来影响,主要是扬尘与沥青烟尘污染,这虽说不可避免,但也要尽量降低。从我一路上所见,这条路真是一切都在为老百姓着想,每一个施工拌和站,都建在距居民区三百米之外,对水泥、砂石等粉状材料,都禁止散装运输,从而有效避免了运输途中尘土飞扬。那些筑路材料堆放点,均选在居民点的下风,距离村寨都在百米之外,还加上了篷盖,这既是防风防雨的措施,也避免了风雨带来的污染。在出入料场的道路、施工便道及未铺装的道路上,一路上都有洒水车和工人及时洒水降尘。我对空气质量是很敏感的,只要遇到粉尘或看不见的污染就会咳嗽、打喷嚏,但在这五十多公里的路上,我还真连个喷嚏也没打。

为了降低噪声,施工单位都是选择低噪声的设备机械进场施工,他们还与当地村民建立了沟通机制,走进村寨里去监测噪声的影响,在临近村寨处修建了隔声屏,或因地制宜利用自然绿化带来减弱噪声传播。对空压机、发电机等震动大的设备,还得把基础埋入半地下,并铺上砂石垫层,以此减轻噪声和震动。对产生噪声大的作业,如放炮,尤其是夜间放炮,还真有可能让怀孕的牛羊受惊吓而流产。因此,无论工期多么紧迫,也不安排在夜间和节假日施工。

在环境保护中,没有什么比水这个命脉更重要,也没有什么比水更复杂,污染了一湾水,就污染了一条河。除了看得见的拉萨河,还有看不见的地下水,而地下水更不能污染。为此,拉萨段指挥部在进场施工之前,就把生活区设置在距离沿线河流 200 米的范围之外,对生活污水、生活垃圾进行集中处理。在施工营地和施工场地均设置防渗旱厕,在机械维修场所设置防渗的隔油池、蒸发池,使污水自然蒸发为水蒸气。待施工结束后,再将旱厕、隔油池和蒸发池就地掩埋。在施工现场,均必须设置三级沉淀池,对施工废水,包括桥梁桩基的泥浆,必须全部输入泥浆池沉淀进行三级排放,通过层层过滤之后,才能按照严格的水质标准排放。对建筑材料和弃渣均要有序堆放,尤其是废渣,要及时清理,严禁向河谷和农田、牧场、湿地、山林附近倾倒,根据山谷的特点,可利用荒沟筑坝填入废渣,要按照设计要求堆放整齐、分层碾压,修建必要的排水管、盲沟、截水沟等设施,加固弃渣堆坡脚,以确保弃渣的稳定,确保能防止两岸及下游出现各种水害,有条件的还要在弃渣上覆盖一尺多厚的耕植土,如此既可防止产生污染,又可变荒沟成良田或绿化带。所谓废渣,亦如垃圾,是放错了地方的资源,比如优质石渣还可加以利用变成防护用的片石、路基填料、路面骨料和混凝土集料等，可分类堆放以便充分利用。一段路修完了，所有的废渣必须全部清理完毕，一切被损坏的植被都必须修复，在碧水蓝天间，只有一条干干净净的路。

这些都是老董一路上给我讲述的，他说得不动声色，一条路却在绘声绘色地为他佐证。眼下这条路，还没有全线贯通，但从已经修通的这一段看，这的确是中国颜值最高的高等级公路之一。它的颜值除了来自一条路本身，更多的还是来自沿线绝美的自然生态，在避让和保护自然生态的同时，这条路在景观设计上还融入了藏族的独特风情和文化元素，人文古迹、村寨林卡、田园牧场，被一条路维系着、串联着，与自然环境完美地融合在一起，景在路上，路在景中，你几乎看不到这条路是开山填土修起来的，而是从自然生态中自然而然延伸出来的。

这如油画一样的风景，让我两眼贪婪看不够，又总是担心这风景像幻境一样随时都会消逝。这其实并非虚幻的担心，一夜之间就会变成真实的灾难。这是我一直在回避的最终又难以回避的。在这绝美而又极脆弱的自然生态下，一段路、一条路哪怕竣工了，也只能说是告一段落，还会发生许多难以预测的灾变。

就在我这次进藏的一个多月前，拉萨河流域经历了几番风雨。我这次走走停停，边走边看，沿途遇到的施工人员都跟我说，他们不怕毒辣的太阳，不怕冰天雪地，就怕风雨骤降，一下雨，哪怕是寻常风雨，从便道到工地就变成了烂泥坑，既没法施工，又影响工程质量，对建好了的工程还会造成泥石流和水毁灾害。而在风雨背后，总有太多不可预测的、又在预料之中的灾难发生。预料之中，在这地势凶险、复杂而又特别脆弱的拉萨河谷，又是半干旱地区，河谷两边山土干燥疏松，这雨不下就不下，一下就会引发山洪和泥石流等水毁灾害，随时随地都有可能发生。不可预测是，你知道它会发生，却不知道它将在哪个具体的地方、又在哪个时刻发生。老董一天二十四小时都开着手机，他最担心的就是深更半夜打来的电话，这时候打电话来绝对没什么好事。4月初的一天深夜，他被一阵急骤的铃声猝然惊醒，那可真是"半夜惊魂"啊，他拿起手机刚一接，只听"轰"的一声，让他下意识地打了个惊颤。那是一声炸雷，在夜深人静的时候，从拉萨河谷传来的那炸雷声实在太响了。紧接着他又听见了呼啦啦的风雨声，还有焦急的呼唤声，那粗犷的声音带着哭腔："董总啊，不好了，墨竹工卡大桥出现了水毁灾害！"

老董一边接电话一边穿衣，旋即又奔向了自己的越野车，他是转业军人，那个速度就是冲锋陷阵的速度。而要赶到灾难的现场，必须从墨竹工卡大桥底下穿行，桥下的那条施工便道当时已被洪水淹没。在车灯的照亮下，那翻滚的浊浪裹挟者从山上连根带叶冲下来的杂草树木，一浪高过一浪，那猛烈的冲击力，连人都站不稳。老董下车一看，车是开不过去了，只能蹚水过河了。而要蹚过这样一条凶险的河流，无疑是与死神作战。但以他那军人的性格，早把生死置之度外了。除了军人性格，还有他在军营里炼成的一身本领，才能让他有惊无险地蹚过汹涌的洪水。作为总工，他别无选择，必须在第一时间赶到灾难的现场指挥救灾抢护。转移群众，拉警戒线，封闭危险路段，派人值班，对水毁灾情进一步监测。忙完这一切，已凌晨五点多钟。有时候别无选择，其实也是最佳选择，他冒着生命危险蹚过一条河，却确保了灾难发生后无一例安全事故发生，很多人后来都说，这是奇迹。

在老董带我沿途察看的路上，他一个字也不愿意提及自己，讲述的都是别人的故事，而别人也在讲述他的故事，我的叙述其实只是对他者的转述，但也能找到一个个的实证。时隔一个多月了，那灾难的现场还在那里，桥底下的洪水虽已退却，但桥底下那条施工便道还有一半淹没在浑浊的泥水里。当我们的越野车从老318线上开过来，一路上都是急转弯和陡坡，如果不是施工车辆碾出了深深的辙印，压根儿就看不出这是一条路，整个儿是一个烂泥坑，我们的藏族司机西绕又使出了他的浑身解数，他也管不得什么颠簸摇晃了，冲我们喊了一声："系紧安全带，抓紧扶手！"一打方向盘，一个急转弯，一辆越野车就从一道陡坡上冲了下来，猛地冲过了那浑浊的、不知深浅的水凼，掀起的水浪有一丈多高，猛烈地扫过桥顶，又噼噼啪啪地反弹在车上，一辆车就像从泥沙俱下的暴风雨或沙尘暴中冲过，顷刻间，连车窗都看不见了，眼前一片混沌，整个世界都模糊了。

笔者采访林拉二期工程四标段副经理徐光普

只能说,这又是别无选择的选择,如果不利用越野车那强大的速度和惯性,我们可能过不了这道坎,到不了那个灾难的现场。

我来现场要找的一个人,就是老董一路上多次提到的徐光普。

一个高个子正站在一堆砾石上等着我们,那一顶红色头盔在骄阳下像一团燃烧的火焰。走近了,又看见那头盔下的赤红的脸庞,那是典型的高原红,还带着被太阳炙烤过的焦黑痕迹。除了脸庞、脖颈和两只手,他浑身上下都被一件工装、一条牛仔裤严严实实地包裹着,那脖颈和手比脸更黑、更粗糙,连皮都翻卷过来了。

这是个 80 后的小伙子,河北石家庄人,1986 年出生,2008 年毕业于河北交通职业技术学院。刚一毕业，他就被中交一公局挑选上了。小徐憨厚地笑着说，他是一只脚才走出校门，一只脚已迈进了工地。这世上最苦最累的活路莫过于筑路，但也能造就最能吃得苦的人，那些吃不了苦的人就算走上了这条路，一旦受不了也会走掉，尤其在大学毕业后的三四年里，淘汰率是最高的，既有自己觉得不是这块料而主动退出的，也有被公司淘汰的。人间没有丛林法则，但优胜劣汰也是相当残酷的。小徐经过三四年打拼，炼出了一身硬骨头，也练就了一身过硬的本领，在重点项目上开始挑大梁了。2013年8月，小徐随公司奔赴林拉公路建设工地，担任林拉一期工程拉萨段一标段项目副经理。那是他第一次进藏，一上来就产生了强烈的高原反应，据说平时身体越棒的人，高原反应越是强烈。这只是一种说法，不一定对。但在高原上放慢节奏，可以减小高原反应，则绝对是对的。但小徐还太年轻了，太性急了，他没有放慢节奏，而是加班加点加速施工，又加之高原风雨无常，温差悬殊，他又如此拼命，在坚持了一个多月后，一个身体再强壮的人也挺不住了，而感冒往往就在这时候袭来，随即又转为肺水肿。当他被送进医院诊断后，那个大夫痛心地责问："为什么不早点把病人送到医院？"这实在怪不得他的领导和同事，如果不是病倒了，你就是把他拖下了工地，他也会立马跑回来。幸运的是，现在的医疗水平和条件比以前好多了，换了以前，对于一个来自高原之外的人，一场感冒就能夺走一条性命。小徐虽说被抢救过来了，但得过一次肺水肿后，复发率很高，此后，小徐每次上高原之前，先都必须进行预防性治疗。

干完林拉一期工程后，小徐又担任了林拉二期工程四标段副经理。那是全线干得最快的一个标段，在今年4月份就干完了，他也终于可以回家去看看父母亲和妻儿了。对于他，还有一件很重要的事情，经过多年打拼，他按揭了一套新房，当时，他申请的房贷下来了，他得赶回去办。可就在他刚要动身时，一场水毁灾害发生了，而灾害在一夜之间发生，却要用几个月的时间来整治。这个整治工程又被中交一公局接上了，小徐又被调到这边来负责这个水毁灾害整治工程。这次他想要慢点儿也慢不了，哪怕气候正常，拉萨河流

中交一公局整治水毁工程现场一

中交一公局整治水毁工程现场二

域在5月底将进入雨季，6月中上旬进入汛期，必须抢在汛期来临之前完工。眼下，离雨季来临只有十来天了，离汛期也只有二十多天，不用说，又是二十四小时连轴转。小徐一边带着我围着工地转，一边还在不停地指挥施工。那临时指挥部，就是一个彩条布搭起来的小帐篷，里面摆着几张行军床，小徐在这里也不知道度过多少个夜晚了。现在虽说都是机械化施工，但那些角角落落里的、机械够不到的地方，还必须靠人工来干。在桥底下的遭受水毁的那个灾难现场，筑起了一道临时土坝，架起一排大功率的抽水机，像大炮一样。我来时，一台抽水机出了故障，被淤泥堵死了，几个汉子正打着赤膊，穿着裤衩，站在比大腿还深的淤泥里清淤，一个个挥着铁锹，挥汗如雨。我却蓦地感觉到了一股寒意，拉萨河谷，此时已快入夏了啊！

　　我和老董和小徐握手道别后，又要上路了。从拉萨到墨竹工卡的这一段路，走到这里已是尾声，这让人有了一种惜别的惆怅，不知什么时候还会回到这条路上，很多的道别就是一生的告别啊。当我下意识地回头一望，一个高个子正站在一堆砾石上目送着我们，他一只手总是习惯性地撑在腰眼上，一直痛苦地支撑着身子，不知是腰肌劳损还是腰椎间盘突出，这都是公路施工人员的常见病，而最好的治疗方式就是休息、静养，可直到现在，这小伙子又哪有时间休息静养啊！一条路修通了，还有下一条，往往是，这条公路还没扫尾，下一条公路就已开工，在这藏域天宇之下，要修的路实在太多了、太长了。

○ 路的尽头,依然是路……

一段路的尾声,其实就是另一段路的序幕。路的尽头,依然是路。

这里先得交代一下,林拉高等级公路一期工程于2015年9月通车,但当时建成通车的还只有两段:一段就是我这次走过的,从拉萨到墨竹工卡的这一段;还有一段是我接下来要走的,从林芝到工布江达的那一段。这两段路是齐头并进、相向而行。而在这两段之间——从墨竹工卡到工布江达,全长182公里,就是林拉高等级公路二期工程,于2016年1月开工建设,计划工期一年半。从里程看,林拉一期工程已建成了全线的一大半,但林拉二期工程的施工成本更高、难度更大。我来这里时,沿线正在紧张施工。

这里又得交代一下,由于我们是从拉萨向林芝的方向前行,我也一直处于倒叙的状态。接下来,我们要追踪的是从墨竹工卡到米拉山的这一段,如果顺叙,则是从米拉山到墨竹工卡——国道318线林拉公路米墨段。当我们抵达米墨段工程指挥部时,已是中午了,

林拉公路米墨指挥部

未进指挥部,先听见一阵军号声,感觉像是走近了一座军营。那一排由活动板房搭建的两层楼,虽说是临时建筑,却也大气美观,棱角分明,白色的墙壁,用蔚蓝色的线条勾勒出屋檐、立柱、走廊的栏杆,看上去有天人合一之感,又有着军人般的气质,遒劲,阳刚,整洁,规范。这房子也是靠山而筑,而这座靠山又是一座褐黄色的荒山,它的存在,反而把天空衬托得更蓝,白云衬托得更白。院子里还栽了上树,种上了花草,我从中穿过时下意识地放轻了手脚,生怕触动了它们稚嫩而敏感的枝叶。

一个穿着工装的汉子正站在那座红色大理石升旗台下等候我

笔者采访米拉山—墨竹工卡段指挥长周勇

们,老康对我说,那就是米墨段工程指挥部的指挥长周勇。一眼就看出又是一位军人。他虽说戴着一副眼镜,却有一股儒雅的军人气质。在西藏公路建设上,很多打硬仗的指挥长都是军人出身。一日从军,终身是兵,这也是他们挂在嘴边的一句话,那一身军装虽脱下了,但那浓厚军人情结和军事作风一生也脱不下。老周和我们几个握了握手,就把手凌厉地一挥说:"走,先吃饭!"

老周迈着军人步伐,把我们带到了指挥部主楼后边的职工食堂。这食堂不大,但舒适敞亮,一排排整齐的桌椅上像是刚刚抹过,闪烁着湿润、干净的光泽,连地板也擦得纤尘不染,明亮的窗外就是蓝天白云。几十个职工们,一律像他们的指挥长一样,穿着印有公司标志的工装,一人捧着一个金属餐盘,在食堂窗口排队打饭。我曾经在军营的食堂里吃过饭,没成想在一间筑路工的食堂里又重新体验了一回,这让我有些惊奇,"周总,你这是军事化管理啊!"

他笑了笑说:"没那么严格,我们实行的是半军事化管理。"

那伙食还不错,两荤一素一汤,主食有馒头,还有米饭。我和老周边吃边聊。他是重庆合川人,1971年出生,1995年7月毕业于重庆交通学院桥梁工程专业,同年作为高等院校应届毕业生应征入伍,在武警交通第一总队第三支队担任技术工作。第一总队的前身为中国人民解放军基本建设工程兵青藏公路指挥所,1985年1月改编为武警交通第一总队,承担着国防、边防公路和内地高等级公路建设任务。老周在部队打拼近十年后,为支援西藏重点公路项目建设,从2004年4月至2007年10月借调到西藏自治区重点公路建设项目管理中心,随后转业安置在该中心,现任计划合约部经理。但他很少待在中心办公室里,一有重大项目就会派往公路建设的第一线,从2016年1月至今担任米墨段工程指挥长。这是临阵指挥,也是临时职务,一个项目干完了,这个职务就自然消失了,但这个"临时"有时候长达四五年,一条路从开工到交工,无论是延续的时间还是延伸的空间都是漫长的。

这么多年来,老周干过不少载入史册的工程。如果不是老康告诉我,我还真不会把眼前的这个近在咫尺的汉子与远在天边的奥运圣火联想在一起。中国申办2008年奥运会时，北京奥申委在莫斯科的最后陈述中向世界作出了这样的承诺："奥运永恒不熄的火焰将跨越世界最高峰——珠穆朗玛峰，从而达到一个前所未有的高度。"而要达到一个前所未有的高度，先必须修一条前所未有的路——通往珠峰大本营的路。这个前所未有的重任就落在了老周肩上。那是世界上海拔最高的一条路，珠峰地区的氧气含量只有零海拔地区的五分之一，这已经超过了生命所能承受的极限，只有那些能挑战极限的登山英雄才能挺过去，而他们在完成登山任务后就会迅速撤下山，而老周带着施工队最少也要在那里奋战半年多。不说修路，一个未经登山训练的人，你就是爬到海拔5000米以上的高度，就堪称是世界上最顽强的生命了。老周说，在那地方走几步就要歇几分钟，感觉就像溺水者一样在拼命挣扎，任你怎么呼吸就是吸不到氧气。生火做饭，火点不燃，水烧不开，哪怕用特殊的火种，想把生米煮成熟饭也不知要折腾多久，后勤人员只得到海拔5000米以下的一些小镇上去买馒头。在海拔超过4000米的高原上，走一公里比在内地走十公里路还要难，一个来回要走上一天，而哪怕是空手走路也相当于背着几十斤的包袱。那些刚出笼的热馒头，背到工地就冻成一个个冰棍了。能吃上这样的馒头已经非常不容易，施工队员饿了拿出冻硬的馒头啃几口，渴了就吃几口冰雪，那手也像冻硬了的馒头一样。直到现在，老周手上还留下了冻疮的伤痕。在那生命禁区，唯一的生命就是周勇和他率领的施工人员，除此之外，几乎没有生命存在了。但对那些高原冻土、冰川、雪原，你也必须把人类活动带来的危害降到最低的程度，这就注定了他们只能把施工场地尽可能缩小，还要尽可能减少机械施工。这句话其实是多余的，那是生命禁区，也是机械的禁区，连机械也冻僵了，难以发动了。就在这样的极限状态下，他们在暴风雪和冰雹中奋战了半年多，终于修通了一条通往世界之巅的路。2008年5月，登山队员从这条路上登上珠穆朗玛峰，用一种特殊的取火方式点燃了2008北京奥运圣火，这圣火刹那间点亮了整个世界，照亮了比珠穆朗玛峰还高的中国人！在奥运史上，这是人类创下的又一前所未有的壮举。然而，又有谁知道，在这圣火的光环背后，还有周勇和他率领的施工队员们，他们也创造了世界筑路史上前所未有的壮举和奇迹。他们一直处于默默无闻的状态，他们在圣火点燃的那一刻也在默默流泪……

老周修过的路又何止这一条，他还担任过国道318线中尼公路定日岗嘎至聂拉木段改造工程项目负责人，国道317线川藏公路北线巴青至夏曲卡、夏曲卡至那曲段公路改造工程项目负责人，林芝至米林机场专用公路新改造工程总工程师。除米林机场专用公路海拔相对较低，其他一条条路都处于藏北高原的生命禁区，平均海拔4600米以上。同珠穆朗玛峰和藏北高原那些挑战人类生存极限的公路相比，林拉公路米墨段的自然条件，对于老周来说已经相当好了，但沿线海拔也在4000米左右，这个海拔高度，对于我已是艰险的挑战，而对于老周来说，简直不值一提。不过，这个才四十六岁的汉子，又遇到生命中的一个大坎。

如果不是老康说起，我还真是一点也没看出，老周是一个病人，病得还不轻。这病上身已很长时间了，还在藏北高原筑路时，老周就时常感到隐隐作痛，又不知是哪里痛，还伴随着发热、出汗、憋闷，恶心得直想呕吐。这是身体在向他发出预警，但他并未引起警觉，由于这症状与高原反应有些相似，一个从小生长在低海拔地区的人，哪怕在青藏高原待了很长时间，随着环境变化也会发生高原反应，他也就没放在心上。到今年开春时，他的身体向他发出了更强烈的警告。当时，他正在工地上指挥施工，那隐隐作痛突然变成了心绞痛，那真是钻心透骨的疼啊，感觉从心口到后胸的脊骨都被穿透了，每一个神经都疼得痉挛，牵扯得左肩、左臂和手指头都疼得一阵一阵颤栗。如果不是凭着一股军人坚毅的意志，他当时可能就倒在工地上了。几个同事一看不对头，赶紧叫来了越野车，把他送到了西藏军区总医院，初步诊断为冠心病。主治医师又建议他转到重庆的大医院里进一步诊断。经一位老专家确诊，他患有高原型高血压和动脉粥样硬化心脏病，也就是高原型冠心病。这病得好好治，必须住院，但老周怎么也不肯住院治疗，每到关键时刻，他那军人的性格就暴露无遗了，一个指挥长，正处于鏖战之际，他怎能离开自己的战斗岗位呢？他苦苦央求老专家给自己开了一大堆药，能拖一天就拖一天，只等他干完了这个项目，他立马就来住院治疗。"这病不能拖啊！"老专家对他发出了警告，这警告背后其实还有危险的潜台词,这病拖下去是有生命危险的,随时都有可能发生心肌梗死!这是一个大夫不忍说出的,其实老周心里也明白啊,但他可能是那位老专家遇到的一个最固执的病人,无论发出怎样的警告,他就是不肯住院。老专家摇了摇头,只得给了他三条忠告:一要安心休息,尤其要减少体力活动;二要避免受凉,尤其是别让心脏着凉;三是情绪不要激动,情绪激动可以直接导致冠心病猝死。

说到这些,老周冲我坦然一笑:"我是一条也做不到啊!"

这不是笑话,而是大实话。老周也是实话实说,国家把这么重大的一个项目交给你了,一个指挥长,是要承担全部责任的,不到交工验收,你就寝食难安。就在我们边吃边聊时,就不断有人来找他,简直一刻都难得安宁,有的是向他来汇报工程进度,有的拿着报表、票据来找他签字,还有各种七七八八的事,这餐桌变成了他的办公桌。我也捕捉到了一个个关键词:环保啊,安全啊,进度啊,质量啊,技术啊,保通啊……这都是构成一条路的关键元素,很多人都以为一条路就是用水泥、钢筋、砂石筑起的,却未必知道还有这么多关键元素,而这每一样都不是单纯的存在,在实施过程中都错综复杂,但老周却能把复杂变得简单,那就是大道至简,只要一切按标准化施工,一切都变得简单了。

这样说太空泛,那就上路去看看吧。

先从一幅施工路线图开始。对于一个指挥长,这是一幅战略图。这段路起于墨竹工卡县日多乡念村,下接米拉山隧道段终点,全长近65公里。从一开始,老周就是以战略思维来统领工程,他将整个工程当作一场战役,将60多公里的战线分为四个合同段,也可谓是四大工区,工区就是战场。老周给我指点着、讲解着,那神情,那手势,还真像一位指点江山、排兵布阵的将军。但这样一幅图我这个门外汉看不太懂,只见上面描绘着或粗或细的横纵曲线,还有密密麻麻的各种图形、文字、符号。听了老周的讲解,我才明白,这图上标注出了米墨段全线的自然环境和施工要素。包括所有的构筑物,共有三十三座桥梁,其中有一座特大桥,还有两百多个涵洞、通道,还标出了各项目部、工区、劳务队、料场、梁场所在地,以及工期节点、工期要求等。对工程管理稍有了解的人都知道,公路施工管理压力往往比其他项目要大得多,也复杂得多,譬如说在施工过程中,全线的制梁场、渣场、拌和站、炸药库、变压器该怎么布置?由于路线长、构筑物多、施工点分布广泛,千头万绪,搞不好就会乱象丛生。一个指挥长,若是天天要到全线跑来跑去,你怎么跑得过来呢?又如何让全线的每个管理人员、施工人员都能迅速熟悉现场又对全线情况一目了然呢?老周说,有了这张图,全线所有的情况就能了然于胸,每天,哪个工区该做什么、有什么问题,该怎么解决,一看这地图,心里就有数了!

要描绘出这样一幅全线施工作战图,又谈何容易?在开工之前,老周带着测量组的几个小伙子,每天一大早揣上几个馒头上山,然后便是十几个小时翻山越岭地测量,先做导线复测,将整个线路复核了一遍，紧接着进行横断面复测。每测量一公里路，就要走十多公里。在海拔4000多米的崇山峻岭上，他们身上还背着几十公斤重的测量器材，每一个角落他们都必须走遍。尽管当时是夏天，但山巅上的积雪经年不化，那些挂在崖壁上的羊肠小道凝结着一层冰凌，他们穿着防滑鞋，在鞋子上绑上了草绳，但脚底还是不断打滑，每走一步都提心吊胆。仰望着那些人迹罕至、枯枝摇曳的崖壁，连那些在深山里采灵芝的藏族人都没有爬上去过。然而，越是凶险的地方越要勘察清楚，看那悬崖峭壁上是否暗藏着山体滑坡的危险，需要采取什么预防措施，然后一一标注在施工图上。他们不是用测量工具在测量，他们是用生命在一寸一寸地测量。

老周有过一次难以忘怀的历险：他带着几个年轻人爬到一道陡壁上勘察。上去时，眼前还有一些东西遮挡，手里抓住崖壁的缝隙，还有一种向上的力量支撑着每个人的意志，可从那山上下来时，几个人往下看了一眼，忽的一下脸色全都吓得惨白，感到自己一下悬空了，眼下只有黑魆魆的深不可测的谷底，两边几乎是垂直的山崖，山风呼啸，刮起岩石表层的尘屑，沙沙沙，飞沙走石打在脸上生疼。老天，这可怎么下去啊？说不害怕那绝对是假的，每个人都害怕得不敢睁眼但又不能不睁大眼睛，只能死死地盯住那一条狭窄陡峭的绝径，两手抓着岩壁上的野草和小树根，用屁股蹭着地，一点一点地慢慢往下滑。终于滑到山腰了，几个人都浑身僵直地大声喘着粗气，都有死过一次又重生般的感觉。

听着老周的讲述,看着那微笑的神情,他就像在讲述别人的故事。

看清了这样一幅施工作战图,一段路的来龙去脉在我的脑子里也变得格外清晰了。那许多描绘在纸上的事物、数据,如今都已变成了现实,或正在变成现实。老周指点着,也有一种抑制不住的兴奋说:"我们用半个多月的时间绘出了这幅图,值啊,要不工程进展哪有这样顺利!"

我们从这幅图上的第一个标志点——墨竹工卡县日多乡念村出发,这是林拉一期工程拉萨段的终点,也是我们此行的又一个起点(这是倒叙,实际上这段路终点)。日多,其名字源于由高僧日多巴·德瓦循努创建的日多寺。那个藏族人心中的神湖——"财主百龙之王"居住的思金拉错,位于日多乡东南,距老318国道和林拉公路仅有五六公里,这里还有一处令无数信徒朝拜、沐浴的神泉——日多温泉。从自然生态看,一个四周群峰簇拥的日多乡,地形犹如聚宝盘,其两侧高山相对高差达1000多米,由于受东部米拉山雪峰的阻隔,当地气候温暖湿润,这里成了物种的天堂,为拉萨市境内独具特色的自然生态保护区,植被覆盖率将近百分之百,犹如青藏高原上一颗墨绿色的珍珠。

在青藏高原上,从风光角度看,无一不是绝美的风景,换一个角度看,往往又是绝对的脆弱,对于人类生存甚至是极为恶劣的环境。这是我不断重复的一句话,也是一个人与自然之间难以解开的悖论。日多，藏语意为"不祥"，藏族同胞还很少用这种不祥的字眼来为一个地方命名，尤其是他们的家乡。当我们驱车沿着河谷驶向米拉山的方向，一看河谷两岸的山势，我就知道，如何如何避让这一带的自然生态又是一个难题。一条结伴而行的河流，似乎也有了变化，还真是变了，这条河已不是拉萨河干流，其干流在此折转向西流向拉萨，而我看到的这条河已是拉萨河的支流——墨竹玛曲。米墨段就是一路沿墨竹玛曲河谷布线。尽管此时拉萨河流域的雨季和汛期还没有来临，但也很快就要来了，我们一路上经历了几番风雨，河水已变得浑浊而湍急，这是水土流失的典型症状。这脆弱的生态，只有坚忍而顽强的生命才能守护，那就是耐旱、抗风沙，可以在荒漠化、盐碱化土地上生长的沙棘。为此，米墨段在布线时特意绕开沙棘林密布区。这个季节的鱼很活跃，它们兴许也预感到了雨季和汛期将要来临，不知是兴奋还是焦急，纷纷从河水里踊跃而出，像接连不断的闪电。老周说，这河里盛产西藏裸鳞鱼和拉萨鲢鱼，还在布线的时候，他就想着如何保护好这条河，每次看见这河里的鱼在跳，他心里也在跳，如果发生死鱼现象，尤其是鱼群大面积死亡，那将是比山洪暴发、泥石流还要惨重的灾害。生态难以修复，而生命不可再生啊！为此，他们采取了最严厉的环保措施，施工队还和当地乡政府组成了生态监督队伍，每天都要对河道以及连通河道的水塘、沟渠进行彻底清理。这也是我眼睁睁地看见了的，当我们驱车从河谷里穿过，那河水除了上游降水夹杂着泥沙冲下来，水中没有漂浮的垃圾，一路上也看不到垃圾，尤其是工地上最常见的"白色污染"，几乎绝迹了。河面上还有人驾着小船在搜寻着，而在河道两岸，随时随地都能看见清理垃圾的人员，在每一个角落里、每一片草丛里搜寻。

眼下，距完工时间还有 40 余天，米墨段的路基、桥梁、涵洞等土建、基础工程已经基本完工，剩余工程也正在加紧施工，有的路面已经铺上了沥青，有的路面正在加紧施工。我们一会儿驱驰在已经铺上了沥青的高等级公路上，一会儿又转到老 318 国道上颠簸前行。这让我们在河谷与高山的强烈落差间，又感受到了一条新路和一条老路的强烈反差。当我们在一条高等级公路上行驶时，更能感觉到墨竹玛曲那奔流直下的流速，连感觉也荡气回肠……

在坚守环保这个底线的前提下，一切就要按标准化施工了。

老周这个指挥长，不谋奇思，不出奇招，不求奇效，所谓大道至简，就是一切按标准执行。他根据多年来的实践经验制订了一套标准化管理系统，又将之细分为建设管理工作的规范化、制度化和标准化，把目标任务分解到每月、每周甚至每天。通过这套系统，他这个指挥长和指挥部这个中枢，随时都可以掌握施工过程的每一个关键环节、工程进度和人员安排。所谓标准，就是为了达到目标而制订的准则或规则，而老周的标准是高标准，从驻地、工地、场站、工地试验室以及每一个施工环节，都要按高标准来打造。

在我此前的印象里，那些施工队的驻地都像难民营一样乱糟糟的、乌烟瘴气、浊气熏天，而施工队员大多是农民工，他们出来就是下苦力挣钱的，只要有个遮风避雨的地方睡觉、能把肚子填饱就行了，哪有那么多穷讲究。但这儿的施工队驻地还真是颠覆了我此前的印象。我沿途看了好几处施工队的驻地，那房子都是环保经济型的活动板房，每间房子都像营房一样整洁规范，被子叠得方方正正，食堂、澡堂、卫生间等配套设施一应俱全，澡堂还装上了太阳能热水器，廊檐下还有不锈钢的晾衣竿，那晾晒的衣服被褥，散发出干净的、阳光的气味。老周一边带着我看，一边掏心窝子跟我说："老陈啊，你不知道咱们筑路工以前有多苦啊，哪有什么澡堂子、卫生间啊，在这高原上连水也烧不开，能喝上一碗温暾水都难啊！一个月也洗不上一次热水澡，更别说洗衣服洗被子了，一身衣服穿到工地上，到完工了还穿在身上，比叫花子穿得还邋遢，还破烂，现在条件好了，水电问题解决了，太阳能也用上了。别的钱咱们可以省，但花在民工身上的钱不能省，咱们不能亏待这些出苦力、扛累活的兄弟们啊！"

看了施工队的驻地，我又看了几个场站，一个个也是"整洁规范"——这是我不断重复的一个词，也是老周一遍遍重申的一个词，也可谓是标准化的具体体现吧。谁都知道，混凝土拌和站是水污染、空气污染和噪声污染最严重的场站，但这里也不见污水横流、尘土飞扬、噪声震动，水泥、砂石等建筑材料都有固定的堆放处，运输车辆进进出出都秩序井然，没有乱放、乱停、乱摆的现象。而这拌合站还建起了信息化管理系统，可以实施远程监控，这可真是高标准啊！

我这人呢其实是一个怀疑主义者，对没有亲眼看见的事实是不会轻易相信的，而现在眼见为实，对老周所说的标准化施工，我是打心眼信服了。

但要达到这样的高标准又何其难，那些干粗活的民工，再苦再累的活他们也能挺过来，但要按照严格的标准化施工，他们可实在受不了。譬如说，为了方便一线的施工人员，每个工地上都用活动板房建了防渗旱厕，这也是严格的环保措施。但那些民工都是大大咧咧惯了的，撒泡尿，哪还想到进什么厕所啊，拉开裤子就在路边痛痛快快地撒了，撒了还得急着干活呢，不能为了一泡尿而耽误工夫啊。说来好笑，一次，一个民工站在路边撒尿，刚撒到一半时被老周看见了，一声断喝，把那民工吓了一跳，尿了一半就给吓回去了。老周还不依不饶，要他把自己尿过地方清理掉，还要扣他的工资。这还不行，老周还把施工队的头儿叫来了，连他也要连带受罚。那头儿自认挨罚，但还想替那民工说说情，老周当即发火了："你们以为那些规章制度是秃子头上的虱子啊？今天我可把狠话说在这里了，在规章制度上，谁也不要跟我讲什么人情！"

看着老周那副因愤怒而涨红了的脸孔，那头儿也不敢吱声了。

自这以后，谁都知道了，这个当兵出身的指挥长要么不说，一说就是斩钉截铁。

老周就是这样一种严厉的军人作风，也有人在背后里说他是"军阀作风"，但老周不在乎别人说七说八，他在乎的就是规范化、制度化和标准化，一泡尿不是小事，如果这成千上万的施工人员都在这河谷里拉屎拉尿，这河谷简直变成茅坑了。你管不住一泡尿，就管不住别的污染源，一条路修完了，留下了一条污染的河流，那他就成了罪人了。他宁可先当"恶人"，也不能当罪人啊！

对标准化施工，老周其实还有更深的意味。标准不只是写在纸上的，而是靠人来执行，没有高标准的队伍，就没有高标准的工程。他之所以采取半军事化的方式来管理他的团队，就是要把那些粗放型的民工打造成现代化公路的标准化员工，把修路架桥从粗放型施工变成标准化施工，用他的话说"先要创精英团队，才能建精品工程"。他提炼出了这样四句话："修好一条路，培养一支队伍，树立一种精神，造福一方百姓。"为此，他一直积极推动施工单位成立QC小组，这种小组以职工自愿参加为基础，实行自主管理。QC小组的组长可以民主推选，小组成员可以轮流担任课题小组长，人人都有发挥聪明才智和锻炼成长机会。小组内部讨论问题、解决问题时，高度发扬民主，小组成员不分职位与技术高低，各抒己见，互相启发，集思广益，共同提高，从而激发出每个成员的积极性、创造性。这些一线职工都有现场施工经验，如果加以引导，同现代科学管理方法相结合，既能直接为"修好一条路"大显身手，又能为"培养一支队伍"打下基础,对于一线职工，这也是一条上升通道。

老周就是这样说的:"一个 QC 小组的组长,说不定就会成长为工段长、项目经理。"

标准化,最高的标准是生命。高原生态极其脆弱,而生命也是极其脆弱的,这就必须把安全管理纳入施工生产的最高标准。老周提出的目标是"实现安全生产零缺陷"。他这提法,乍一听,还让我脑子顿了一下,感觉这话似乎有点儿问题,我问他:"零缺陷,还是零事故?"

老周说:"我当然希望做到零事故,但要绝对做到零事故,这是谁也不敢打包票的,毕竟还有那么多人力难以抗拒的天灾,但我们至少要在安全管理上做到'零缺陷',这又是绝对的。"

原来如此,老周这标准化的解释,比我们这些以遣词造句为职业的人还要精准啊!

所谓事故,也是有分别的:一是灾难性事故;一是安全责任事故。对前者,谁也无法追究大自然的责任,但要提前进行风险评估,能排除的隐患必须提前排除,不能排除的则要尽可能避免。对后者则必须做到"零缺陷",但要做到"零缺陷"也难啊,面对高原复杂而脆弱的地质地形,施工难度大,安全生产隐患多,老周从保障措施、施工现场、操作程序、现场管理和隐患专项治理入手,强化全员安全意识,落实安全生产责任制,全力打造平安工地。这条路的科技含量很高,一个突出特征就是信息化管理,在高墩大跨桥梁、隧道进出口、梁场、钢筋加工场、拌和站等重要工点,均安装了安全电子眼视频监控系统,并在指挥部安装视频监控。与此同时,从指挥部到各工区的施工队都建起了应急保障体系,所有施工人员都参加了多种应急救援演练,不怕一万,就怕万一啊,一旦发生了事故,立马就可以开展自救和救援。诚然,这一系列的举措还得看效果。自开工以来,这段路已修了600多个日日夜夜,安全管理不但做到了"零缺陷",还奇迹般地创下了"零事故"的历史纪录,不仅没有发生过一起安全责任事故,连灾难性事故也是"有灾害而无事故"。我心里,又服了,心悦诚服啊!

  一路上,我都看见那赫然醒目的标语:"生命安全高于天,安全责任重于泰山!"

  这绝非俗套的口号,连我这个匆匆过客,一路上也得特别小心。当我在工地上边走边看时,就有一块块大石头从天而降,仿佛一阵阵闷雷滚过,许久,这闷雷声还在河谷里震荡。为了保障安全,米墨工程指挥部制订了最严格的安全管理手册,每个职工人手一份,还在每个工地上划出了安全线。我们一路上走走停停,无论走到哪里,都有一道安全线。有一次,我不知不觉走到了安全线外,被老周一把拽了回来,他竟然冲我这个"客人"也大喝一声:"小心!你……"他似乎忽然意识到了什么,那后半句话又使劲咽回去了,但那意思我明白——"你不要命了?!"

  那安全头盔也必须一直牢牢地戴在头上。老周戴着眼镜,那眼光还特别机敏。一次,我看见他突然奔向一个歪着脑袋、一条腿跪在地上干活的钢筋工,我还没反应过来,老周的两只手已伸到了那民工的下巴下,给他把松开了的安全帽带扣给系紧了,又把那歪在一边的安全帽给他扶正了。那钢筋工抬起头来看着他,吃惊地叫了一声"周总……",却不知说什么才好,那湿漉漉的眼眶里不知是汗水还是泪水。老周说:"兄弟,别只顾低头干活,还要时时想到你家里的老父老母,还有老婆孩子啊!"

那一刻,我突然感到这汉子不止有军人的侠骨,还有一副柔肠,那细致体贴的动作与神情,真像一个保姆啊!这其实也是他一直倡导的家庭式服务、保姆式服务。天热的季节,他就带着食堂里的大师傅给一线职工送凉茶、绿豆汤。风沙天气,他又带着人把口罩送到了工地上。每逢节假日,他都会和指挥部的管理人员分别下到各支施工队来,和大伙儿一起煮汤圆、包饺子。只要听说哪个民工的家属得了重病,没钱进医院,他就会带头捐款。他也是从最底层打拼出来的,知道民工有多苦、多不容易。这些事情讲不完,他也不愿讲,而对他最了解的人就是他身边的人。

这一路上陪同我们采访的还有一个跟在他身边的年轻人——林聪荣。和心直口快的老周不同,小林一直显得比较犹豫,内心里似有很多纠结。我看出来了,老周更是早就看出来了。那还是刚刚进场后不久,老周组织指挥部的员工开了一次座谈会,每个人都谈了自己的想法,但小林一个人沉默地坐在一边,无形中就把自己孤立起来了。老周看出他有心事,散会后,就找他谈心、交心。

图右为指挥长周勇，中间为笔者，左为综合部部长林聪荣

这一谈，他才知道，这是一个苦命的小伙子。小林是福建莆田人，1981年出生，读高中时他父亲就不在了，母亲有精神分裂症。他是一边打工挣钱一边上学的。2005年他从福州大学一毕业，就四处打听哪里工资最高，当他听说西藏的工资挺高时，立马就买了进藏机票。他也听说西藏很艰苦，生怕再多待一天自己就会改变主意。从福建到藏北高原的阿里，一个大学毕业生从零海拔一下就跃升到了海拔4500米的高度，而温度一下就骤降到了零下三十多度。小林一脚踏上阿里的土地，还是盛夏季节，迎接他的就是一场暴风雪。他在阿里吃的第一餐饭，还不错，吃上了肉了，但那猪肉上还盖着1979年的印，比他的年龄还大两岁。而在阿里要想吃上蔬菜比吃肉

更难,那些新鲜蔬菜还没拉进阿里,就在路上冻坏了。在那生命禁区,小林在国道219线——新藏公路阿里段一干就是七个年头。千万不要跟他谈什么理想啊、信念啊,小林说他就是靠每月一万多元的工资在支撑自己,他最需要的就是钱啊,他母亲,还有两个弟弟,一个比他小十岁,一个小他十三岁,都要靠小林挣钱养活,两个弟弟还算有出息,都考上了大学,而他们上大学的生活费、学费大都是由小林负担。那是拿命挣钱啊,他在阿里经历了几次生死。一次去工地时,天上还在出太阳呢,到了半途上,一场暴风雪突如其来,很快连路都看不见了,手机也没有了信号。那条路,方圆几十公里内荒无人烟,他们在大雪里困了一天一夜,那是小林有生以来经历的一个最漫长、最寒冷的夜晚,先是手脚冻得没有感觉了,然后整个身体也冻得没有感觉了,但小林感觉自己的脑子还是清醒的,他是一种濒死前的清醒,而他最绝望的是再也不能挣钱来养活母亲和弟弟了。侥幸的是,慈悲的上苍最终给了他一条生路,或许是他的善念感动了上苍,清晨,一座冰雪覆盖的高原被晨曦照亮了,那长时间处于盲区的手机终于有了信号,他们得救了,也没有造成严重冻伤。后来才知道,就在离他们几公里之外的另一辆被困车辆上,有一位高度冻伤者,后来截肢了。

小林在阿里高原经历了多次绝处逢生的奇迹,他觉得自己活着就是一个奇迹。他不但活着,还能够迈着两条健康的腿,从藏北高原走到拉林公路,这真是非常幸运了,甚至是侥幸,这让他对仁慈的上苍也充满了感恩,然而,上苍却又总是在不断折磨他。五年前,他大弟大学毕业,找到工作了,他才感觉肩头的负担减轻了一半。小林也找到了自己的另一半,如今小孩快五岁了。可谁知爱人又得了重病。那病有多重,一看小林那悲戚绝望的眼神,我心里就清楚了。这病,也成了小林的心病啊。老周和他交心时,是他情绪最低落的时候,也是他最孤独无助的时候,面对如此残酷的命运,他低着头说:"唉,走一步算一步吧。"

老周一直默默地听着他的诉说,停了,又轻轻拍了一下他的肩头,语重心长地说:"我们每个人,谁又不是走一步算一步啊,可你心里清楚啊小林,你是一大家人的顶梁柱啊!"

就这一句话,让小林震了一下,他感到周总突然点醒了自己。越是到了这样的难关,一个家里的顶梁柱越是不能沉湎在悲伤、低落的情绪中,你得挺起腰杆来支撑啊。

当时,尽管工期非常紧,指挥部的人手忙不过来,但老周还催着他回家去给爱人治病,还再三叮嘱他别惦记着工地上的事,等爱人出院了再回来。结果,小林赶回去陪爱人做完手术,还没等爱人出院,他就进藏了。那种急迫感就像他第一次进藏一样,生怕再多待一天自己就会改变主意,他忍不住再回头看了病床上的妻子一眼就出发了。他回来后,很多同事都关切地看着他,连目光都是小心翼翼的,生怕触动了他脆弱而敏感的心事。但大伙儿发现,小林的承受力远比他们想象的要顽强,他一扫往日的忧郁与茫然,变得通透乐观了，也愿意跟大伙儿打交道了。小林也感到自己真正融入了这个团队。现在，小林已是米墨工程指挥部的综合部部长了，这是一个很重要的岗位，也是与人打交道最多的一个岗位，综合部要协调各部门、各单位之间的工作关系，既要负责保证公司内部管理体系的完整和平稳运行，还要完成指挥长交办的各项工作，协助指挥长跟踪落实各种规章制度和方案。在指挥部中层管理层级上，小林这个综合部部长也可以说是指挥长最主要的助手，每一个环节都离不开他。现在，小林再也不说"走一步算一步吧"，他每走一步都有清晰的目标。

如果说标准化的最高标准是生命，质量则是工程的生命线。

老周说，在质量上没有相对标准，只有绝对标准，必须筑牢工程质量的生命线。

米墨段线长、点多、面广，在工程施工中，一切必须围绕本项目总体质量这一目标，多措并举，织就了一张缜密而坚实的质量防护网。万事开头难，最难的是"第一次"，而老周也把质量关的重点首先放在"第一次"，对每个标段的第一个桩基、第一个承台、第一个墩柱、第一片T梁、第一段填方、第一个涵洞、第一段衬砌等，必请高级监理工程师到施工现场来监测、把关，让现场施工技术人员和监理人员掌握同类工程施工基本要求、技术要点、监理要点和监理程序，从而有效地保证工程施工质量，——这就是米墨工程全面实行的"首件工程认可制"。首件工程施工方案评审通过后，才能施工，在完成后对照标准进行验收合格后，这个首件工程才能正式认可，作为全线同类项目的施工标准。这个标准是实实在在的，一切按照这个标尺来量了，而接下来的工程只能高于或等于"首件工程"的标准，高于这一标准就是优良工程，等于这一标准就是合格工程，低于这一标准就是不合格工程。再辅之以必要的奖惩措施，对优良工程给予奖励，对合格工程不奖不罚，对不合格工程必须返工，所造成的损失由施工责任人或施工单位承担，还必须予以重罚。

简单吗？这种首件工程认可制，还真是大道至简。

在质量面前，老周是个说一不二的铁腕人物，该返工的，坚决返工，该处罚的，坚决处罚，决不手软！他决不手软，但心很软，那些民工挣钱不容易啊，累死累活地干下来，那活却是白干了，那一个个五大三粗的汉子，一听说罚款就抹起了眼泪。每次罚他们的款，老周都狠不下心来，但若不以儆效尤，就无法强化各参建单位、施工人员的质量意识。若要做到"零缺陷"，就必须做到"零容忍"，若要避免挨罚，最佳选择就是以"预防为主"，只有防患于未然，才能以最小的代价保证质量，而一旦出现了质量问题，罚款也好，返工也好，必将付出惨痛的代价。所谓"亡羊补牢犹未晚"，老周一向是不以为然的，与其亡羊补牢，为什么先不把篱笆牢牢扎好？为此，老周又提炼出了一个让所有施工人员一下就能记住又必须牢记的八字方针："预防为主，盯紧过程。"这个过程，是把质检贯彻于始终，将责任层层传导，先是施工班组自检，然后是工程队复检，再由项目部的质量检查科的终检，还有现场监理人员的抽检，对控制性工程、重要结构部位、重点工序、关键过程还要重点检查，还在现场安装了远程全程监控摄像头进行监控，全方位、全天候、全过程监督、检查工程质量执行情况，每一道工序，都要层层把关，绝不能留下任何死角。一句话，将质量进行到底。

  老周做起事来很细致也很彻底，这一路上，我看见老周走到哪里就巡查到哪里。这个季节，高原的天气还有丝丝凉意，但老周每到一处工地，都要上上下下检查，从桥上的栏杆到桥墩，他也不知检查多少遍了，但还是不放心。越是那些狭小的角落，他生怕留下了漏洞，弯着腰、蜷着身子钻进去，甚至躺在那狭小的地方，就像司机钻到底盘下检查车辆。那一身工装干了又湿，湿了又干。我听小林说，周总对工程质量几乎到了吹毛求疵的程度。这也是我眼睁睁地看见了的。如钢筋焊接的焊缝，按照图纸控制要求，焊缝的高低差和宽度差是 0 至 2 毫米，哪怕超过 0.5 毫米也不合格，这点儿差距，肉眼看上去跟头发丝都差不多了，他也能一眼看出来，简直是火眼金睛啊。"这个，必须返工！"他伸手一指，那口气比铁还硬。他还仔细察看焊缝有没有咬边、有没有焊流，以及焊接处有没有表面气孔或缺陷。哪怕表面都合格了，还不行，还要进行 X 射线拍片检查和超声波检测……

  老天，这也实在太严格了！我原本想，对一条高原之路的追踪将是宏大叙事，没想还有这么细致、烦琐、复杂的细节。修一条公路,架一座桥梁,又不是制造什么精密仪表,有这个必要吗?可老周说,如今修路架桥绝不能再搞粗放式管理、粗放式施工了,既要从大处着眼,更要从细处着手,"失之毫厘,差之千里"啊,一个小数点出现差错,很可能就会埋下巨大的隐患。有的高速公路还没有通车呢,就在一场暴雨中塌陷了,有的桥梁、隧道没过几年就坍塌了,有人怨天怨地,说是天灾,我看不是,自然灾害哪里没有、何时没有啊?谁也没有权力追究大自然的责任,我们在修路架桥时首先就要考虑到自然灾害的因素,哪怕是几十年一遇、百年一遇的灾害,也要提前采取措施,这样你才不会麻痹大意啊!

  老周这一番话,又把我深深震撼了,他说的都是灾难性的事实啊,那些在低海拔地区,在地质结构稳定的条件下修路架桥,都发生了那么多垮塌事故,严格说都是责任事故,不是天灾,而是人祸,而在地形复杂、生态脆弱、气候恶劣的青藏高原,还真是不能有丝毫疏忽。然而,一个问题又来了,如此谨小慎微,那工程进度又怎么办?一年半的工期,在2017年6月底前就必须交工验收,这也是一个不打折扣的标准,否则你就会拖一条路的后腿,全线就不能通车。除非你能找到特殊的理由——人力不可抗拒的原因。但老周压根就没想过要找什么特殊的理由,他对如期交工有十足的把握。表面上一看,对于工程进度,老周这个指挥长是摆在最后的,其实也不是摆在最后,而是贯彻始终,绝不能为追求进度而降低环保、安全和质量标准。在我原来的想象中,一位军人出身的指挥长,就是一位冲锋陷阵的形象，但在老周身上，更多的不是军人的那股冲劲，而是运筹帷幄的审慎、坚韧不拔的毅力。他深知，欲速则不达。在工程管理中，他早已形成了自己的辩证法，最快的进度就是不走弯路，不走回头路和冤枉路，若不筑牢环保、安全、质量这三道生命线，你就是想快也快不了，环保出了问题，就会责令停工，安全出了事故，工程就会瘫痪，质量没有达标，再快的进度也要返工，那就是劳民伤财的回头路和冤枉路了。

在米墨段的整个施工过程中，一直坚持全覆盖、全方位、全过程标准化建设，促进环保、安全、质量、进度的协调统一。他采用"倒排工期、合理布局、平行推进、交叉作业"来与时间赛跑，譬如路基、桥梁、隧道、涵洞等基础工程只要合理布局，就可以平行推进、交叉作业，同步建成。这一系列的科学管理举措，加上施工技术方案，让整个工程自始至终在"整洁规范、人文和谐、秩序井然"的良好氛围中推进，不但没有拖延工期，而且加快了进度，这为重点公路项目的建设管理和标准化施工创造了一个可推广的典型模式，也可谓是国道318线全线标准化建设的样板和标杆。

这60多公里路，我们边走边看，从太阳当顶一直跑到了太阳落山，而在我们前方的视线里，就是米拉山的蓝色的冰峰，连映照在冰峰山的晚霞也是冰蓝色的。我们一路朝着米拉山行驶，一路上海拔也在不断升高。我们的越野车上安装了海拔高度测量仪，但它只能测量海拔4000米以下的高度，一超过这个高度就停摆了。这仪表真是怪了,我问藏族司机西绕是怎么回事,他却笑了笑,笑得也有点奇怪,还有些诡谲。不过,我知道,对于从内地低海拔地区过来的人,海拔三千米就是一个高原反应的临界线。我到青藏高原的次数还算比较多的,高原反应的临界线为海拔4000米,一旦逾越了这个界线,我就会发生强烈的高原反应。而我们将要翻越的米拉山顶峰,海拔超过5000米。对于我,那将是一个难以逾越又必须逾越的大限,那也是林拉高等级公路最难逾的一道天堑。

当我们和老周、小林在米拉山口握手道别时,老周接到了家里打来的电话。老周的家一直在重庆。说来令人难以置信,西藏自治区交通运输厅,还有其下属的重点公路建设项目管理中心,至今连个办公楼也没有,只能租房办公。像老周这样的老职工,在拉萨连个安身之处也没有。不过他也很少待在拉萨,这么多年来他都是以路为家。他老婆没工作,在重庆一边带孩子,一边做微商。他对自己修过的每一条路什么时候开工、什么时候交工乃至每一天的进度都一清二楚,连小数点后面的数字都能脱口而出,但他不知道自己的儿子是怎样一天一天长大成人的。只有寒暑假,妻子才会带着孩子来西藏团聚,在那工程指挥部里住上十天半月。眼下,老周的儿子就要参加高考了,若不是妻子打电话来告诉他,他都差点儿都把这事儿给忘了。接完电话,老周一直默默地低着头,像在忏悔。他也的确是一个不称职的丈夫、一个不合格的父亲,这么多年来,他欠家人的实在太多了。

过了一会儿，他才慢慢抬起头来说："等我儿子高考了，我们这条路也该交卷了。"

他说这话时，我发现小林微微仰着头，下意识地望着一个方向，那是一种坚定而渺远的眺望。在他和我们一起走过的路上，我时不时在他脸上瞥见几许忧色，一个身患重病的妻子，还有患精神分裂症的母亲和上幼儿园的孩子，他又怎能不牵肠挂肚啊！此刻，一滴眼泪滑过他那烙上了高原红的脸颊，久久地挂在腮边，像太阳的光斑一样闪烁发亮……

林聪荣想到遥远故乡的亲人，不禁潸然泪下

○巅峰之作……

一路仰望，在苍穹、太阳与冷清的积雪之间，突兀地崛起一座高峰。

我感觉在通向它的路途上已经走了许久，却一直难以抵达，又一直在抵达之中。这一邈远而巨大的存在，一直顽固地占据着我的视线，无论你怎样仰望，目光也难以逾越。不用说，这又是一座在藏族人心中具有超自然力的神山——米拉山，藏语又称"甲格江宗"（神人山）。

对于我，这是一个必须用生命来体验的极限，海拔5013米。那经年不化的积雪，其前身为远古时期的冰川，尽管冰川日渐萎缩，如今已沦为遗迹，但仍有斑斑驳驳的积雪坚守在那些危崖断壁间，目光一旦触及，蓦地生出一股凛然的寒意。我的高反临界线为海拔4000米，这个海拔高度已超过了我能忍受的极限。当我头重脚轻地爬上米拉山垭口，飘飘然间，恍若置身于一个不可知的高处，那裹

笔者翻越米拉山留影

挟着霰雪与沙砾的山风像箭一样嗖嗖掠过耳畔，漫山的经幡在乱云飞渡间风起云涌，呼啦啦地翻飞、旋转。在藏族人虔诚的信仰中，经幡能度尽世间劫波，而我的根底实在太浅，只能躲在一座嶙峋的怪石边上，战战兢兢地打量着这超尘出世的世界。如果不死死地攥住一块石头，感觉一阵风就能把我刮走。除了石头，这里不见一棵树，连草也没有，这是绝对的生命禁区。但在这垭口却伫立着一座心平气和的牦牛雕像，这是米拉山上唯一的标志性建筑——雪域之舟。一条从林芝通往拉萨的路，数千年来就是牦牛走出来的。

看着一头牦牛的雕像，我高度近视的目光渐渐变得清晰了。

这座神山，其实就是一道清晰的地理分界线，它将雅鲁藏布江谷地东西两侧的地貌、植被和气候分为两个截然不同的世界,既是拉萨河水系与尼洋河水系的分水岭,也是林芝与拉萨不同气候的自然分野。其西北为拉萨市的墨竹工卡县,哪怕朝着这一方向,也能感觉气候的干燥寒冷,那风化的岩石支离破碎,被山风吹得簌簌脱落,飘飘洒洒直抵我眼前,连眼皮也不敢睁开。当我转身朝着另一个方向,那已是林芝市的工布江达县境,尽管这垭口寒风凛冽,却也能微微感觉到那一方水土为海洋季风渗透的温润。当我置身于这两个世界之间,在岁月的夹缝中不免也有一种下意识的臆测:林拉高等级公路为何不能一口气贯通?兴许就是遭遇了这样一座难以逾越的巅峰。说是猜测,其实也是有历史证据的。米拉山垭口原本是一道仅能供行人和牦牛通行的隘口,无论是老318国道林拉段,还是如今的林拉高等级公路,这都是一道难以逾越的巅峰。当年十八军"一面进军,一面修路",米拉山口就是他们自东向西挺进拉萨的最后一道关隘,也是牺牲最惨重的地方。为了打通这一川藏线上的巅峰级隘口,其艰险程度可以借用一句抗战名言来形容——"一寸河山一寸血"。但这一隘口打通后依然是一道极为逼仄的瓶颈,尤其是米拉山东侧的一段阴坡路段,还不到两公里,却如同一条通向阴间的路,一直是川藏线上令人闻之色变的"死亡路段",多少年来只能低水准地维持这段路的"通",若要"从通到畅",只有撇开原来的老路,打通一条穿越米拉山的隧道。然而长久以来,这一直是人类奢华的梦想。

在历经 60 余载的翘首企盼后，米拉山隧道工程终于在 2015 年 4 月开工了。

这是迄今以来世界上海拔最高的特长公路隧道。此前，世界上海拔最高的特长公路隧道是国道 317 线——川藏南线的雀儿山隧道，海拔超过 4300 米。米拉山隧道有多高？其进口海拔 4752 米，出口海拔 4774 米。这个海拔高度大大超过了雀儿山隧道，堪称是世界筑路史上的巅峰之作。它起于工布江达县加兴乡松多村，终于墨竹工卡县日多乡念村，分左右两个洞口，双向共四个洞口，左洞总长度约 5.73 公里，右洞总长度 5.72 公里，加上延伸辅助工程，路线全长 18.18 公里。整个工程分两个合同段，分别由中铁十二局和中铁二局承建。这是中国铁建股份有限公司（简称"中铁"或"中国铁

笔者在中铁二局米拉山隧道项目部采访后合影

建",前身是中国人民解放军铁道兵部队)旗下的两支铁军,中铁的前身就是中国人民解放军铁道兵:中铁二局的前身为西南铁路工程局,就是他们建成了新中国第一条铁路——成渝铁路,曾被贺龙元帅授予"开路先锋"的大旗。叶剑英元帅在为铁道兵题词时诠释了特别能战斗、特别能吃苦的"铁道兵精神":"逢山凿路,遇水架桥,铁道兵前无险阻;风餐露宿,沐雨栉风,铁道兵前无困难。"1982年,中共中央、中央军委决定撤销铁道兵建制,铁道兵从此走完了峥嵘岁月中的历史使命,在并入铁道部后转制为国企,但其铁血军魂、钢铁意志依然在他们的精神血脉中传承。

一条世界上海拔最高的特长公路隧道,对于人类是世界级难题、世界级挑战,看看人们对米拉山隧道的形容吧:拦路虎、硬骨头、瓶颈、咽喉……一切的真实就是如此,再怎么形容都不为过。林拉高等级公路全线能否如期贯通,就取决于米拉山隧道能否如期打通,这是一场艰苦卓绝的攻坚战,也是大决战。为了加快工程进度,米拉山隧道采用两端开挖,另在隧道上方开辟了一口斜井,这等于又开辟了左右、双向四个洞口施工,加上原来的四个洞口,一共八个洞口施工,也就是八个作业面,一千多名施工人员每日三班倒,二十四小时不停工。但从目前的进度看,米拉山隧道还真不是一个扮演"开路先锋"的工程,而是一个一拖再拖、严重滞后的"老大难"工程。该隧道原计划用半年时间打通,我来这儿时,已开凿了整整两年,却仍未贯通。一听从洞中传来的沉闷声响,就知道还

中铁十二局米拉山隧道施工现场

在加紧施工。这隧道何时才能打通还是一个大问号。实话说，我就是带着满脑子的疑问而来的。

走近朝向拉萨一端的隧道口，这儿的海拔比米拉山垭口低多了，但我的高原反应却比米拉山垭口更强烈。头疼，胸闷，气短，目眩，耳鸣，两腿软得像踩在云絮上，这是高反的主要症状。一路上陪同我采访的老康看我两脚打飘、浑身颤抖，生怕我在这洞口倒下了，赶紧上来扶了我一把。而我就在他的搀扶下，以这样一种很尴尬、挺难为情的方式，见到了米拉山隧道建设项目指挥部副指挥长陈蔚林。他刚从隧道里钻出来，戴着头盔和口罩，穿着一身湿漉漉的雨衣、雨裤和齐膝深的胶皮雨鞋，泥水还在不断往下淌。看那模样，仿佛刚刚穿过一场暴风雨。他把口罩拉下来,我才看清他的脸,又瘦又黑,但黑得坚定而从容。这样一副面孔,其实是青藏高原筑路人共同的脸谱。一见他,我就晕乎乎地问:"这儿怎么这样缺氧啊?"他看了我一眼,一看就知道我的高反有多厉害了,然后又指了指洞口的几台设备告诉我,为了向洞内输氧,他们在隧道口设置了高压氧舱和制氧机,通过专用管道把氧气输送到地下工程开挖的工作面——掌子面,这样一来,隧道口的氧气更加稀薄了,形成了一个巨大的氧气空洞。听他这样一说,我脑子立马清醒了一大半,也为我的尴尬、难为情找到了一个客观原因,难怪我有如此强烈的反应,难怪呢。

我想钻进洞子里去看看,这个想法很强烈,其实是想进去多吸几口氧气。

当然,我也得把自己"全副武装"起来,戴上头盔和口罩,穿上雨衣、雨裤、雨靴,原本就气喘吁吁的我,浑身一下又沉重了许多。原以为钻进隧道之后就进了一个大氧吧,却像钻进了一个四处漏水的水帘洞。我跟在陈蔚林背后,蹚着坑道里的积水,在昏暗中深一脚浅一脚地走着。眼下,米拉山隧道尚未成型,这也让我看清了一座神山内部的部分真相。

米拉山属喜马拉雅山脉,这是青藏高原上隆起最晚的山脉,也是地球上最高大、最年轻的山系,一座看似高大雄奇的山,其内部结构却非常脆弱。这年轻的山脉,还处于活跃的生长期,由于新构造运动十分活跃,地壳极不稳定,造成了米拉山围岩变动频繁,内部地质变化极大，隧道内基本上为 IV 级、V 级围岩，对于隧道施工来说，这样的地质状况只能用恶劣甚至是极为恶劣来形容。而米拉山又是一座终年积雪的山，又处于拉萨河与尼洋河的分水岭上，水量充沛，加之雪山融水从岩石裂缝中渗入，山体内的含水量过大，一经触动，就容易出现软岩变形、断层富水破碎带等灾难性的问题。这里是生命禁区，这种地质也一直被视为隧道施工的禁区。在施工前，勘察设计人员就对这一带的水文地质情况进行了详细勘察，包括地下水的分布、类型、储存、补给、径流和排泄条件等，根据勘察结果采取了预防和应对措施，在洞口开挖前，先在开挖面上修建截水沟，以防止水土流失，对高切坡处出现的地下涌水也准备了多种预案。然而，一旦进入施工就像打开了一个"黑匣子"，那水文地质情况远比人类的勘察数据复杂得多，任你采取怎样的预防啊预案啊，还是让人类防不胜防、猝不及防。

  一条隧道，在地图上看起来很短，走进来才发现特别长。从隧道进口走向正不断向前掘进的掌子面，洞壁和岩峰里都在渗水，自钻进洞子后，"雨"就一直下个不停。这水主要是围岩间渗出的裂隙水，源自山顶上的冰雪融水。你可别小看了这"润物细无声"的滴水，水滴石穿哪，时间一长，这水也可以将原本脆弱的岩土泡软，融化为泥交浆，扩展为融化圈。许多地质大灾害，往往都是这种看似不起眼的小征兆酿成的，如果融化圈进一步扩大，就会造成凝灰岩等松软岩层变形，蠕动着、瓦解着下沉，一旦围岩破碎，土崩瓦解，顷刻间就会发生山体滑坡,甚至是大塌方。

陈蔚林指着一个个涌水处给我讲着这些情况时,那些冰冷的水滴、飞溅的泥浆落在他的头盔和雨衣上,打得噼啪作响,但他不像我这样东躲西闪,自有一股坚定与从容。如果没有他的讲解,我就是抵达了现场也看不明白,知其然不知其所以然。

米拉山隧道自开工以来已多次发生软岩变形、整体下沉的情况,由于隧道进口围岩破碎,还出现过几次集中突涌水。突涌水的成因非常复杂,大多数是由淋水状涌水不断演化、扩张以至恶化的必然结果,也可谓是从量变到质变吧。陈蔚林说,软岩变形一直是米拉山隧道最普遍的灾害,最有效方式就是采取"超前超强"支护,这方式看似简单,其实很不简单,有着复杂的地质变数和力学验算,在支护之前,必须增加软岩受力和收缩的变形空间,再用"工"字钢强力支撑成"工"字钢圆环,看上去像是一个个巨大的弹壳,用专业术语说就是"弹壳效应"。在钢结构环形支撑下,围岩较差的部分便不容易压碎,从而确保围岩稳定。一个数字可以说明问题,这里用钢量比那些内地的普通隧道多了两三倍,原因就是软岩变形太严重,需要大量钢结构环形支撑。但我在这隧道里行走时依然是胆战心惊,如果发生了大塌方,这弹壳样的家伙真的能够顶得住吗?这可不是杞人忧天,而是人命关天啊。陈蔚林又是淡定一笑,他叫我放心,有了这家伙支撑,米拉山隧道设计可抗八级地震,使用寿命为一百年。

这种淋水状涌水在地下工程施工中是很寻常的，还有一种股状式涌水，多为突涌水，那水像喷泉一样，但比喷泉的威力大得多。

　　陈蔚林还清楚地记得，从2015年9月27日开始，隧道斜井掌子面突发大股涌水，这还真是让他们猝不及防。斜井的海拔高达4900米，但在原来的勘察中，这里海拔虽高，但地质情况似乎比较好。这个勘察结果一度蒙蔽了人类的眼睛，对斜井段做出了无水的判断，施工方案也是按这个勘察结果设计的。结果却与人类的判断恰恰相反，这里成了米拉山隧道涌水量最大的地方，而且多为股状式涌水。用专业术语说，股状式涌水为承压股状水，或股状承压水，承压水为充满两个隔水层之间的含水层中的地下水，在未经触动时，它可以承受静水巨大的压力，多少年来一直静静地蛰伏在那里，一直处于人类未知的状态。当钻孔突然打到含水层时，就像触发了一个暗设机关，那水便呈股状从侧面喷射而出，就像平地冲起一股龙卷风，天旋地转，最大的时候，一天直逼四万方（据查，实为38590立方米）。那才叫恐怖啊！又加之隧道斜井呈斜坡形，一股股水流汹汹然形成倒灌之势，眼看就要"水漫金山"了，由于事先没有预防措施，只能紧急抢护。他们调来了八台大功率的水泵，采取了三级泵站接力向外排水，才把水位慢慢降下去。但一直到现在，斜井涌水量一直很大，每天22000立方米。陈蔚林说这涌水量就算正常了，但他又摇着脑袋说："就是在涌水正常的情况下，也影响了隧道开挖进度，而一旦出现大量涌水，就要停工处置了，我们一天才能掘进一米多，可一停就是十天半月啊！"

是啊，这个道理我也懂，灾难往往发生在一瞬间，却要用很长的时间来处置。据2016年至2017年迄今为止的统计数据，在不到一年半的时间里，米拉山隧道就发生了较大涌水十八次，每次停工处置时间平均在十天以上。目前他们平均每月进尺为55米，一天还不到两米，不能不说，这个推进速度实在太慢了，但再慢你也得耐着性子一寸一寸地掘进。

而无论哪种类型的涌水，想堵是根本堵不住的，浑浊的涌水，在坑道低洼处形成了一个个大大小小的积水坑，全靠水泵抽出去。在每一个积水坑都架起了两台大功率水泵，二十四小时不停歇抽水，而人要换班，机器也要轮番作业。由于隧道地势低，这水抽出去不容易，水位低时，也要采取三级提水，水位高时，则要采取五级提水。入冬之后，冰冻三尺，连抽出来的水也会被冻住，只有在加温融冰后才能继续。把水抽出去了，还不能随便排放，先要抽到洞外的沉淀池里，一个沉淀池两三天就灌满了，但宁可暂时停工，停止排放，也必须保证水质沉淀处理合格、变成清水后才能排放到河道里。对隧道内涌水量大的地段，还要安设截水管，由洞壁衬砌背后引出，导入沉淀池，以避免与洞内施工污水汇合外排，这样既可减少污水处理量，又可充分利用水资源来作施工用水。尤其是那些不容易受到污染的承压水，其实都是优质、洁净的地下水、矿泉水，若任其白花花地流掉，真是太可惜了。然而，不管是处理这灾难性的涌水，还是对水、对自然生态的珍惜与呵护，都是细工慢活，都需要时间。此刻，我愣愣地看着那汩汩涌出的水，又看着这水被哗哗抽走，但那积水坑里却依然是满满当当的，连我这个外人看了也感到有些绝望，这水什么时候才抽得完哪？

米拉山隧道为什么推进得那么慢，我脑子里的疑团已解开了一半，自开工以来，其头号天敌就是这极为恶劣的水文地质状况，这是一个最直接的客观原因。在一味强调"人定胜天"的时代，是很少讲什么客观原因的，一味强调的是主观能动性，在一股子狂热劲儿的驱使下争分夺秒、只争朝夕，结果是把大自然作为了征服的对象，把开山修路作为一场恶战来打。现在不同了，这是一场决战，但绝非一场恶战，无论工程进度有多慢，绝对不能急功近利，在这里看不到人与自然的激烈较量，而是人与自然的不断磨合，一切都从遵循自然的客观条件和理性的科学精神出发。

米拉山隧道是一个超级工程，但绝不是特殊工程，在生命面前、生态面前，没有什么特殊情况可讲。在生命的禁区，作为一个在现场指挥施工的副指挥长，陈蔚林看似从容，只有他心里知道，他这颗心分分秒秒都悬着啊。无论你采取怎样的预防措施，灾难随时随地都有可能发生，而一旦发生涌水、滑坡、塌方等现象，第一要绝对保证施工人员的安全，必须立马停工和提前撤离，绝不能让灾难性现象变成灾难性事故。在没有灾害的情况下，隧道施工也是高危作业。在抵达现场之前，我也曾想当然，以为这里开凿隧道用的是盾构机，那也确实是钻山打洞的"核武器"，哪怕最坚固的岩石，也可对其内部进行开胸式切削，任你有一副"铁石心肠"，它也可以削铁如泥、迎刃而解。但在这恶劣的地质条件下，盾构机却是"英雄无用武之地"，这支离破碎的围岩一触即溃，搞不好，一下就连人带机器给埋葬了。施工单位几经试验，最终还是选择了传统的方式，打眼子，装炸药，爆破。这每一个环节都高度危险，又怎能不让陈蔚林悬着一颗心啊。他也从不催促工人加快进度，一直强调"合理推进"，而保障生命安全就是最大的"理"。米拉山隧道没有在工程进度上创造奇迹，但在这人类生存的极限之地创造了另一个奇迹——零事故、零伤亡。

爆破虽是传统的方式，但在技术上已比以前有很大的改进，米拉山隧道采取了光面爆破、松动爆破、无声振动等技术以减少粉尘、噪声污染，但爆破之后依然是火药味还很浓，那爆炸声仿佛从地壳深处传来，在隧道里产生沉闷的回荡，就像野兽那奇怪的、使劲压抑着的，又如同挣扎般的低声吼叫，在震荡中令人嗡嗡嗡地耳鸣。即便戴着防护口罩，那弥漫的烟雾也很呛人。这口罩是四层加厚的，在氧气稀薄的地方戴上这玩意儿，那憋闷、窒息的感觉比什么都难受，就像一条浑水中的鱼，只能在口罩里张大嘴巴拼命呼吸。

在炸开一个缺口后，然后由一线工人用风枪——凿岩机一寸一寸地掘进。

米拉山隧道内外共有1000多名工人轮流施工，哪怕没有灾害和事故，在这极度高寒缺氧的环境下施工，出现伤亡的危险系数也非常高。这隧道内的一线工人大多来自内地低海拔地区，从低海拔地区来青藏高原的人都有不同程度的高原反应。这些工人中，也有一些有高原施工经验的，曾参与修建过青藏铁路、拉日（拉萨至日喀则）铁路，那里的海拔才3700米，而米拉山隧道一下高出了1000多米，逼近5000米，他们上来后，一个个都喊吃不消，连喊叫声也缺氧。米拉山隧道主洞的含氧量还不到平原上的一半，斜井里的含氧量更低，只有平原上的一半左右。除了缺氧，还有更要命的低气压，米拉山隧道的气压也低于人类生存的极限值。在这样的环境下施工，哪怕徒步行走也等于负重二三十公斤，走几步就呼哧呼哧喘得慌。像我，已经超过极限了，多上一级台阶都喘得不行。看看那些掘进工人，一台风枪有40多公斤重，加上支架、风管、水管等就更沉重了，还要加上浑身上下"全副武装"的头盔、雨衣、雨裤和齐膝深的雨靴，想想该有多么沉重，这是我所见的世间最沉重的苦活、累活，用工人们的话说，这就是他们的活路。那钻头与岩石交锋的铁石之声，仿佛从时间的背面闷闷地传过来，呜——呜——呜——如极度压抑的呜咽之声，他们就是以这种方式，在这种生存的极限状态下一寸一寸地掘进，一寸一寸地挨过生命中最难挨的时刻。

　　隧道里灯光昏暗，人影恍惚，除了人，还有各种施工机械模糊的影子，那忽闪忽闪的灯光，恍若暗绿色的荧光，恹恹的，怎么也让人打不起精神。人有高原反应，机器也有，甚至比人类的生命更敏感、更脆弱。一台500千瓦的发电机拉到这儿，一下子就变得无精打采了，只能发出350千瓦左右的电。那些威风凛凛的大型施工机械，一到这儿也怂了，由于燃料不能充分燃烧，转速慢了，效率低了，其效率大致与海拔高度和缺氧程度成正比。如今虽说开发出了高原型的机械设备，但在这样的高海拔地区也只有百分之六十的工作效率。不只是效率低，还故障频出，动不动就死机，每天都有十几台机械出现故障，一修又得大半天，有时候修机器的速度还赶不上机器坏掉的速度。实在不能怪机器的质量差，也不能怪人的身体不好，没病的人到这高原上来了也都有了一身病。

除了缺氧，还有高寒，高寒缺氧是紧密相连的。这里的最低气温低到了零下三十摄氏度，即便在我来的这个春天，洞里也冷得令人瑟瑟发抖，气温只有零下五摄氏度，从岩缝里渗出来的水溅在脸上，冰冷刺骨，这一身的雨衣雨裤和胶皮雨靴也没有什么保暖效果，却让寒冷变得更加沉重，我很快就冻得手脚僵硬了。温度过低也是机械故障的主要原因之一。人怕冷，机器怕冷，连石头、沙子也怕冷，要持续加温，专业术语称之为"蒸汽养生"，必须达到合适的温度后才能投入使用。

从输氧到防寒，一个难题接着一个难题。为了解决隧道内空气差、氧气少的困境，施工单位在加大送风量和新鲜空气的同时，一共投入了一个吸氧舱和十五台制氧机，安装了输氧管道，把氧气直接送到了掌子面，整个隧道实现了弥漫式供氧。在现有的技术条件下,这已是竭尽所能了,但从我的亲身体验看,这洞子太大、太深,弥漫式供氧的效果并不理想,缺氧的问题还远不能说是解决了,只能说是有所缓解。来之前,我就听说米拉山隧道有"工人背着氧气瓶干活",到现场看了,我才搞清楚,其实工人不是背着氧气瓶干活,而是让那些高反强烈的工人把氧气瓶背进了隧道,干一会儿活,实在受不了了,又来吸一阵氧,这与"背着氧气瓶一边吸氧,一边干活"是两回事。那么,能不能让一线工人背着氧气瓶一边吸氧、一边干活呢?陈蔚林说,他们也考虑过、试验过,若背上一只中型的氧气瓶,就有二十多公斤,这对原本就不堪重负的施工人员又加重了负担,而小型氧气瓶又是杯水车薪,吸不了几口就没了。为防尘,工人们还必须戴着口罩施工,而一边吸氧,一边干活;危险系数也增大了,缺氧的难受劲儿和生命安全相比,孰重孰轻就不用说了。在反复权衡之后,也就只能以弥漫式供氧为主,再辅之以氧气瓶,让工人在歇息时多吸几口氧。如何保温也是一个大难题,他们在几个洞门外均设有保温棚,还在工地旁边烧锅炉烧热水,让工人们可以烘烘冻僵了的手、热乎乎地喝口水,但这也只能是缓解,要把整个隧道里的温度全面提升起来,在现有的技术条件下是难以解决的。为了随时救治高反强烈和伤风感冒的施工人员,他们在隧道洞口还设立了医疗室,也算是急诊室吧。

  应该说,从指挥部到施工单位,都是以人为本,无微不至,能想到的他们都想到了,能做到的他们都做到了。为了尽可能减轻工人的劳动量,他们还采取了人性化的作休制,隧道内的施工人员不是八小时工作制,而是一般干四五个小时的活就要下班休息,短则干上三个小时就要换班。此外,这儿还采取了课时制式的作休,每隔四十分钟至一个钟头左右,就要让一线施工人员到外面活动休息一刻,吸吸氧,天冷时烤烤火,天晴时到洞外晒晒太阳,等身子暖和后再回隧道内施工。这也是我看到的一幕:一溜儿工人从掌子面上下来,正坐在一个安全的地方歇息,他们浑身沾满了泥岩,也顾不得地上的泥水了,全都是一屁股坐在地上。看他们那疲惫的样子,仿佛气力都已用尽,连坐着都是肩膀靠着肩膀,脑袋挨着脑袋,像挤在一堆的泥人。为了呼吸得畅快些,他们把污浊的口罩拉在一边,脸色疲倦到了已经不像脸的程度。在这片刻的休息间,有的工人还摘下头盔,互相剪头发,那毛荒草乱的头发跟鸡窝似的,怕是有几个月没有理了,这工地又离城镇太远,他们也只能自己动手了。还有的工人把脑袋靠在另一个同事的肩膀上睡着了。活儿太累了犯困,高原缺氧,昏昏沉沉,也犯困。那些没有睡着的工人,一个个都沉默地坐着,生怕吵醒身边熟睡的工友,用一副肩膀支撑着工友的梦乡。

我原本想找个工人聊聊,一看他们这困倦的模样,想到他们还要继续干活,我也不忍心打扰他们。陈蔚林压低声音对我说,在这里干活真是受罪啊,许多人实在受不了,民工们的流动性特别大,更换率达到了百分之三百,很多人干不了多久就卷铺盖走人了,短则十天半月,长则三五个月,能坚持一年半载的就是特别能吃苦的了。

这其中有一位我的湖南小老乡,还是我的家门呢,也姓陈。他在这里干了一年多,一张嘴,我就听见了一口浓重的湘北方言,在这远离故乡的高原上,让我感到特别亲切。乡音难改,却已面目全非,他那脸色是锅底黑、高原红,这两种颜色叠加在一起,就是青藏高原最常见的脸色,又不是黑里透红的那种健康色泽,还蒙着一层病态的、灰暗的尘垢,在腮帮和颈根上还有一些紫癜状的疤痕,看上去满目疮痍,一副老相。乍一看,我还以为他跟我年岁差不多,年过半百了,我张口就叫他老陈、陈师傅。可一问,嗨,他还是个"90"后呢,跟我儿子差不多大。这个阴差阳错的误会又让我陷入了尴尬的境地,我连忙改称他小陈了。小陈也显得有些不好意思说:"唉,干我们这一行啊都显老,尤其到了这地方,风吹日晒,修路又苦,刚来时,鼻子碰一下就流血,摸都摸不得,嘴唇开裂,烂了好长时间,脸上脱了几层皮,就变成这模样了,一年老了几十岁啊,连我爹看见了我,怕也认不得啰!"

我问他多久没回家了,他摇了摇溅满了泥污的脑袋,把脸也转向一边望向别处。我看不见他的表情,但感觉有一股伤感的情绪突然从他心底直蹿上来,他的背脊在微微颤抖。对于这些背井离乡的打拼者,有一个字是不能触及的——"家"。只要一提到家,那久别的离愁和对家人的牵挂就被深深触动了。小陈自打来这里后,连过年都没有回家。他是一个同乡工友介绍来的,那位工友早就走了,回家了,他也想走,回家,那是一种不可遏止的渴望。可他还是咬着牙留下来了,如今已是米拉山隧道干得最长久的工人之一。他是扛风枪的技术工,在这里干活,属于国家规定的六类艰苦边远地区,工资比内地高多了,技术工的月收入最高能达到一万七八,其他的,一般都上万了。这就是他没走的原因,他实在是舍不得这份高工资。事实上,很多民工都是冲着高工资而来,来了之后才发现是拿命挣钱。说来,我这小老乡的心思还挺矛盾,他既盼着能早日完工,带着一年多挣到了十几万块钱回家盖房子、娶媳妇、孝敬父母,却又巴不得还能多干一段时间,再多挣点票子。

这就是民工掏心窝子的话,也几乎是这里所有民工的心里话。他们从平原走向高原,在这世界屋脊上,有人形容他们是高于珠峰的人,"缺氧不缺精神,海拔高,斗志更高,风暴强,意志更强,挑战极限,无所畏惧,在极限之地,创造极限",其实,他们很少说这样的豪言壮语,从一开始,他们兴许就没有人们想象的那样崇高,但每个人都很实诚,他们就是来这里拼命挣钱,挣钱养家,他们的高尚也许就是他们的实诚,甚至是赤诚,这是一个个真正的赤子啊!然而,就是这些平凡而质朴的赤子们,在挣钱养家的同时,也正在开凿着一条世界上海拔最高的特长隧道,开创着人类筑路史上又一奇迹。他们,就是开创历史的平民英雄。

在拳拳赤子之心中,最多的就是对家人与日俱增的思念。人同此心，心同此理，无论是这些一线施工的民工，还是施工管理人员，哪个不想家啊。同这些说走就走的民工相比，那些管理人员和正式员工更难得回一趟家。2016年中秋小长假，中央电视台在中秋特别节目《但愿人长久》中讲述了米拉山隧道的一个亲情故事——米拉的思念。这个故事的小主人公，是"爸爸的小米拉"，她爸爸就是中铁二局米拉山隧道项目部办公室主任彭光平。他奔赴米拉山隧道工地时，妻子已身怀六甲，她依依不舍地看着即将远行的丈夫，却一个劲儿地催他早点动身，她还淡淡地调笑着说："赶紧上路吧，等你回来了，孩子说不定都会叫爸爸了呢。"孩子出生时，一个丈夫，一个父亲，是应该守在身边的，他却坚守在米拉山。当他接到女儿家里的报喜电话，是个女娃儿，他连想也没想，就把女儿叫米拉了，小米拉，爸爸的小米拉！他多么想见见自己的女儿啊，却只能下班后，在视频里看着小米拉一天天长大。一个远隔千山万水的家，一家人的世界，就在那比巴掌还小的手机视频里。小米拉还不会说话，但一看见爸爸在巴掌大的视频里出现了，就兴奋地发出了咿咿呀呀的喊叫声，那稚嫩的声音和手舞足蹈的天真模样不知有多可爱，却又让他莫名的心酸。他也只能在视频里深情地呼唤："喂，米拉，幺女，幺女，看爸爸，看爸爸，哎呀，几天没看到爸爸就哭了啊！"那小小的人儿仿佛有心灵感应啊，每次在关掉视频之前，她就又哭又闹，那晶亮的眼泪沾在毛茸茸的睫毛上，两只小手还使劲拽着妈妈的衣服，朝着视频里的爸爸尖声叫唤。他听见妻子在哄小米拉："等爸爸完工了,就从米拉山回家来抱咱们的小米拉了……"这时候彭光平的鼻子也一阵一阵发酸,妻子哄小米拉的话,就是他最心酸的渴望啊。但他从来不让妻子和小米拉看到自己潸然泪下的样子,轻轻点击了一下,就将视频关闭了,感觉一个世界都消失了。

这工地上太忙了,一个办公室主任要干的事情很多,下了晚班,匆匆吃过晚餐,他每天还要加夜班,哪怕在视频中看看女儿也是奢侈的。但不管一天工作有多忙、多累,只要看到小米拉,他就觉得一切都值了,这辈子都值了。妻子也很理解他、体贴他,在四川南充的家中照顾年迈的公公婆婆,还有他们的小米拉。他也想把妻子和小米拉接到米拉山来团聚,做梦都想,可那是纯粹的梦想。在这样的生命禁区,连他们这些大男人都受不了,他妻子和小米拉怎么受得了。这里的施工人员,谁都渴望见到亲人,又从不让家属来工地探望,既担心家人受不了,又不想让家人看到他们的生存环境这么艰苦。也有一些家属来过,先要在海拔3700米的拉萨适应三天,才能拉上米拉山,但有的刚上山又被送下了山,最多的也就能待两三天。像彭光平,只能把与家人团聚的渴望变成早日完工的渴望,"我做梦都盼着这隧道早点打通啊,打通了,我就可以早点回家去抱抱我的小米拉了,到那时,她就会叫爸爸了啊!"

米拉山隧道何时才能打通?这也是我最关心的问题,但彭光平这个办公室主任还说不准,陈蔚林这个副指挥长也只能是估计,他说,按照正常的工期预估,米拉山隧道将于今年9月30日贯通。但我听得出，他并没有十足的把握，谁也不能保证米拉山隧道一直能按正常的工期推进，人有定数，但天道无常啊。

当我们回到隧道口，蓦地滚过一阵轰隆隆的雷声，我还以为又是洞子里传来的爆破声，却见进洞之前的朗朗乾坤已勃然变色，一阵狂风猛地扑来，掀起的飞沙走石扑腾得我两眼什么也看不清。陈蔚林把一只手举到额头，瞅着天空嘟哝了一句："这鬼天气，说变就变了，不知是要下暴雨还是冰雹？"但我知道，无论暴雨还是冰雹，他们的施工进度又要受阻了。这老天爷是翻脸不认人的，一座山到了这样的海拔高度，那变幻莫测的气候也超出了人类的预测，在一天之内我遭遇了暴雨、雷电、冰雹夹雪，这也是拖慢了施工进度的一个客观原因。这隧道口一辆辆进进出出的车辆，有拉钢筋水泥的，有清运施工废渣的，一条施工便道原本就如九曲回肠，在这样恶劣的天气下根本就不能走了。眼看天色越来越阴沉，我瞅了瞅陈蔚林那张又瘦又黑的脸，还是黑得那样坚定而从容。当我和他告别时，他突然问了我一个奇怪的问题："你在高原走了这么多天了，体重有没有减少？"

我愣了一下，在高原上脑子转得慢，还真有些没有反应过来。

他眨了眨眼，用一种略带神秘的口气说："想要减肥，就到这儿来，还真有效，我们项目部书记许勇，从2015年上米拉山，到现在，体重由一百七十多斤降到了一百四十斤，我们项目部总工张浩，来时一百五十多斤，如今只有一百零几斤……"

他这话把我逗乐了，我也想减肥，可这种难受得要命的方式我可实在吃不消。

一眨眼几个月过去了，此时，当我在岭南一隅写这些关于米拉山的文字时，已是2017年9月底，林拉高等级公路二期工程各标段均已于7月底前交工验收，但米拉山隧道依然顽固地卡着一条高等级公路的脖子，往来车辆依旧只能在米拉山绕着弯子呈螺旋状上升，翻越米拉山垭口。眼下，陈蔚林预估的那个贯通日期已经来临，但米拉山隧道项目指挥部经过对岩层再次钻探后，又对施工方案作了调整，再次把预估日期往后推了，他们现在的目标是争取在今年年底贯通。是的，他们依然没有十足的把握，他们也从来没有征服米拉山、让傲慢的米拉山低头的野心，但他们已经竭尽全力了。一个巅峰之作，一直迟迟难以交卷，问题不在人类，而在米拉山这个难以逾越的巅峰。

○峡谷就是一条路……

在米拉山隧道贯通之前,一座神山还不能穿越,只能翻越。翻过了米拉山垭口,就进入了尼洋河大峡谷。

尼洋河是雅鲁藏布江北侧的最大支流,发源于米拉山西侧的错木梁拉,其源头为古冰川作用的围谷,海拔5000米左右。这是一座神山,而这座神山是女性的,在藏族人的传说中,尼洋河就是神女的眼泪。这是一条全长300多公里的泪水河,最终在林芝市巴宜区汇入雅鲁藏布江,这条河是工布藏族儿女的娘曲——母亲河。她缘何悲伤?为何流泪?或许只有身临其境你才会逐渐发现。

此前,我们一路沿拉萨河逆水而行,翻过了米拉山,又一直沿着尼洋河由西向东、顺流而下。对于人类,尤其是对于这里的筑路者,最惊险的不在这里的海拔之高,而是这河谷或峡谷的落差之大,其绝对落差为2273米,几乎是一路陡降。而这峡谷说是大峡谷,其实并不大,而是极为逼仄、险峻而高深。一条路就在这峡谷里延伸,

尼洋河

从工布江达县加兴乡延伸到米拉山西侧，这就是国道318线林芝至拉萨段公路改造二期工程加兴至米拉山段，简称加米段。无论老路新路，这一段都是最狭隘的一道瓶颈，一条路就占了整个峡谷，峡谷就是一条路。在最狭窄处，那峡谷甚至还没有一条路宽，必须硬生生地劈开两边的崖壁，连看一眼，也下意识地咬牙切齿。这也是当年十八军进藏时创造了无数惊险传奇的一条险途，这条路就是他们咬紧牙关开凿出来的。穿行在这样的峡谷里，一路上阴风怒号、冷雨夹雪，气氛显得肃杀而神秘。

当我们的越野车驶入加兴乡境内时，藏族司机西绕瞪大了眼睛，两手紧紧地攥着方向盘，那车开得坎坷而小心，几乎是在峡谷的阴影里一步一步地挣扎。为了从那些烂泥坑中挣扎出来，他还在不断地加大马力，车轮卷起的滚滚泥土和噗噗喷出的浓烟，遮不住一张坚毅的面孔，他咬紧了牙关，紧闭着嘴唇。他左边是高耸的绝壁，我脑子里一直跳跃着古人的惊叹——危乎高哉！他右边则是一道悬崖，一条尼洋河几乎就悬在车轮底下，垂直高度超过两百米。我侧身望着窗外悬崖下的尼洋河，看起来就像一根在阴风中飘拂的藤蔓。而就在西绕加大马力挣扎时，还有大大

小小的石头呼啸着滚落下来。我缩着身子听见轰的一声巨响，如同一声炸雷从头顶滚过，吱嘎——一个急刹车，司机西绕把车猛地刹住了。出啥事了？我歪着身子朝外窥探，啊，老天，一块巨物像陨星一样砸在路上，那路当中立刻就惊现一个大坑。那到底是什么，那是一块比牦牛还大的坠石。

加兴乡位于工布江达县境西部，地处高峡深谷里，距工布江达县城60多公里。这里有一个令人神往的神湖——巴松错。但我第

巴松错

一次听说加兴乡,不是因为那绝美的风景,却是因为一起锥心的交通事故。那是 2014 年夏天,正值西藏旅游的黄金季节,一辆满载着 40 多位游客的旅游大巴在加兴乡境内不慎坠入尼洋河。说是不慎,更多是不幸,这一段路原本就是事故多发段,峭壁嶙峋,峰回路转,一段半里多的峡谷路就有九个急转弯,"人在山上走,不冷也发抖",冷的不是身子骨,连望一眼也胆寒啊!每一块石头都知道,这条路有多么凶险,每年不知要发生多少事故,谁撞上了就是谁的命了。但那一次事故太惨痛了,连自治区的主要领导都惊动了,他们迅即从拉萨赶赴现场指挥救援,要求不惜一切代价抢救事故人员,但依然死伤惨重。天地同悲,山河垂泪,人类的泪水、神女的眼泪和尼洋河交织在一起,不知何日才能流到尽头。这也让自治区的决策者痛定思痛,与其不惜一切代价抢救,不如不惜一切代价修路。

加米段施工现场

雪域高原的千年呼唤，终归都要让筑路者来回应。2016年1月，随着国道318线林拉高等级公路二期工程全线开工，这道瓶颈计划用一年半的时间打通。说是一年半，又哪有一年半啊，这海拔超过4000米的高原上，在严冬的极端严寒下根本无法施工，一年的实际有效施工期只有9个月。我来这儿时，离预定交工日期已经很近了，一块电子屏上显示出工期倒计时：距完工时间还剩43天。那红得耀眼的字迹，如触目惊心的红色预警。这感觉还真没错，自开工以来，这里就一直在频频发出灾难性的红色预警。

笔者在林拉公路加米段采访，左为加米项目指挥长尼玛次仁，右为康维成

这道上，有一个必将出现的身影，我们与他几乎是狭路相逢。

尼玛次仁，加米段工程指挥长。尼玛——太阳，次仁——长寿，太阳长寿,也可以理解为永恒的太阳。这是一个沉稳而精悍的藏族汉子,哪怕在这滚滚坠落的冰雹中,他也迈着又快又稳的脚步。他是拉萨人,1972年底出生,1994年毕业于交通部呼和浩特交通学校,毕业后进入西藏自治区交通设计院,从设计员干起,经过二十多年历练,如今已是西藏自治区重点公路项目管理中心总工办主任、高级工程师,又从项目管理中心派到加米段一线来挑这个大梁。说到这段路的艰险,他淡定地付之一笑,一看就是见过大世面的。要说他此前打拼过的地方,每一个都是让我敬畏和仰望的地方,如藏北高原的阿里,青藏线上的唐古拉山,那些地方比这里海拔高多了,也凶险多了,他觉得这里真不算什么。而这儿最让他头疼的问题,就在于这峡谷里只有一条路——老318国道。如果人类还能以另一种方式,或者还能选择在另外一个地方修一条路,该有多好啊,但没有,哪怕你绕很大的弯子,在这大峡谷里也没有任何地方还可以修一条路。你别无选择,峡谷就是一条路,你只能以这样一种方式在这大峡谷的崖壁上修一条路,这是尼洋河大峡谷里唯一的出路,也是尼洋河儿女唯一的活路。

在一条新路修通之前,这条路既要保证能让过往车辆通行,又要用作林拉高等级公路的施工便道,一条新路,一条老路,盘根错节,路面交叉点多,而施工的最佳季节又正是旅游高峰,既要修路又要保通,一说到这事儿,他的头都大了。最近,一个交通管制的消息正在网上和微信朋友圈里疯传:为了施工,对国道318线加兴乡至米拉山段将实行全线封闭，禁止一切车辆和行人通行。这也是让我很揪心的一个消息，一旦封路，我们接下来去林芝方向的路也就此路不通了，只能折回拉萨去。一见他，我就问这消息是不是真的？尼玛次仁又是付之一笑，他给了我一个明确答复：目前还没有交通管制的计划，不过，他说，那疯传的消息也并非空穴来风，根据项目施工要求，他们对这一段路确实有实行交通管制的想法，但他们绝不会为了修一条路，而堵死一条路，哪怕在万不得已的情况下必须实行交通管制，他们也要先替老百姓着想。而在这峡谷里，打不了空间差，那就只能打时间差，那就是把阳光留给别人，把黑夜留给自己，白天放行，晚上实行交通管制。但眼下，这还只是一个想法而已，真要实行交通管制，必须得到当地政府和交管部门的批准，还会在报纸、电视、广播等媒体、网站上提前发布信息。作为指挥长，他请大家千万不要信谣传谣，一切以政府和交管部门公开发布的消息为准，以免给自己带来不必要的麻烦。

一个指挥长面对施工和保通的双重压力，在作出抉择时往往要把保通放在第一位，在不给老百姓带来麻烦的同时，也就只能让自己应对更多的麻烦。一条路也同样要承受施工和保通的双重压力。从十八军当年进藏开路，到后来不断提升改造的老318国道，按原来设计的建设标准和交通量，都是低水准的，近年来随着车流量猛增，已超过了原设计通行能力的十几倍乃至数十倍。一条路应该成为时代的引领者，却早已远远落后于时代的车轮了。即便在不施工和一切正常的情况下,在加米段这个瓶颈,往来车辆也时常排起长蛇阵,又加之一些货车司机为多拉货,多挣钱,采取超长、超重、超载运输,有的超载甚至高达四五倍,这让一条低水准的公路更加不堪重负,也大大缩短了公路的使用寿命。每一次公路升级改造后不久,一条路又被压得千疮百孔了,常常是修了前面,烂了后面,陷入了边修边烂的恶性循环。更要命的是,那倾斜的路基让地下排水设施扭曲、堵塞,由于排水不畅给公路带来了致命的内伤。除了超限运输恶性蔓延的人祸,还有我一路上见证了的种种天灾,这条在峡谷中穿行的路,在天灾人祸交迫下绝望地颤抖、呻吟。

若要保通,首先要依靠交管、路政部门严格执法,打击和遏阻超限运输这一"超级杀手",然而这路况就和国情一样复杂,"超级杀手"的背后还有太多的无形之手,要在短时间内遏阻超限运输未免太理想主义,但整治效果还是很明显的。而一旦遭遇了天灾,那就只能加紧抢修,在林拉高等级公路施工的这一年多里,沿线的工程指挥部、项目部不可能坐等公路养护队来给你修路,养护人员是按正常条件配备的,人手有限,在抢护中扮演主力的就是林拉高等级公路沿线的筑路工,双重的压力让他们承担起了双重的重任。

在正常情况下,加米段的保通压力就是林拉公路全线最大的,一旦遭遇恶劣天气和地质灾害,那就"压力山大"了。2016年初,施工队伍还没有进场施工,尼玛次仁就率指挥部提前进场,开始驻地建设,迎接他们的是一场接一场的暴风雪。迷乱的大雪和呼啸的寒风交织在一起,使这峡谷愈加显得狰狞可怖。这里的山神似乎不想让人类侵入他的领地,总是变着法子给人类以狠狠教训,一招更比一招狠。说穿了,这其实就是最真实的雪域高原,它以一种不可侵犯的意志,在拼命地向人类昭示它、施展它威严无比的能量。但哪怕真有山神,他也大大低估了人类的顽强。在这冰天雪地里,哪怕穿着厚厚的防寒服,每个人也冷得浑身哆嗦、牙齿打战,而尼玛次仁带着指挥部的第一批员工每天起早摸黑地干,在比膝盖还深的积雪里,他们就像一个个蠕动的雪人。没有水,他们就在冰冻三尺的河沟里破冰汲水,没有电,他们就用自带的小型发电机发电。饿了,就一口干粮一口冰雪地往下吞咽,每个人的喉结显得十分坚硬、突出。夜晚收工时,每个人都变成了一副冰雪与山泥混凝在一起的躯壳,谁也不知道是谁了。每次收工前,都要一个一个点人头,出来多少人,回去多少人,一个也不能少。但来来回回数着,他也数不出十个人,这就是加米工程指挥部成立之初的全部班底。由于白天干活太累了,一回到宿舍他们连衣服都没脱,倒头就睡了,一个个都睡得死沉死沉的。那哪是什么宿舍啊,就是临时搭起来的帐篷,有时候,这帐篷被风卷走了他们还不知道,直到冻醒了,睁大眼一看,才发现自己已被冰雪层层叠叠地覆盖着,几乎看不见人了。那雪像是落上了瘾似的,简直落疯了。

  是的,这一切对尼玛次仁来说都是付之一笑,一笑就过去了,他觉得再说起来没有什么意思。然而,这恶劣的气候却不是那么轻易能过去的,从一开始就给道路保通带来了难题,一个地方堵住了,一条路就瘫痪了,你什么也干不了。在开工的头几个月里,他们几乎每天都在同风雪鏖战。若不及时清除积雪,在这滴水成冰的天气一下就冻住了、结冰了,那就更难清除了。在这峡谷里,就算不落雪,还有风吹雪,山风把峡谷两壁山顶上的雪猛烈地刮下来,比天然降雪还恐怖。好在如今有了比较先进的除雪机械,他们采取一台轮推和一台台扫雪机联合作业的方式,一边清雪一边抛洒融雪剂,每隔4个小时轮换一次,日夜不间断地除雪,还要在第一时间救援被困车辆,力争没有一辆车、一个人在冰雪中滞留,这样才能保障每一个人的生命安全,也能维持一条路的低水准通行,如果有一条路没有堵死,那就谢天谢地了。

从加米段工程指挥部到各路施工队,不知干了多少分外之事,但谁都清楚,只有保通,才能施工。冬天过去了,但灾害却更加频繁,而且从单纯的冰雪灾害演变为多种灾害交加的复杂灾害。就说眼下这两三天:5月16日,这里遭遇了一场暴风雪;5月18日,一天就遭遇了五场雷暴雨。峡谷就是一条路,峡谷也只有一条狭窄的河,不说连下五场雨,只要一场强降雨,尼洋河的水位眼看着就猛涨起来,很快就漫过了路面。尼玛次仁这个指挥部虽不是抗灾指挥部,但他们是离灾难现场最近的指挥部,每当危急时刻,一个工程指挥部旋即就转变为抗灾保通的临时指挥部,一有电闪雷鸣,他这个指挥长就像得到了空袭警报,在第一时间就赶到了灾难现场。

峡谷就是一条路

就说离我们最近的这五场雷暴雨,当尼玛次仁在电闪雷鸣中赶到现场时,第一场雷暴雨正狂泻不止,那原本勉强可供车辆双向通行的路段,濒水的一边已被洪水淹没,正在翻滚的湍流中瓦解着下沉,剩下的半边路紧挨着崖壁,只有三米多宽,在洪水的猛烈冲击下訇訇作响,这是路基崩裂的前兆。几辆卡车仗着轮盘高、马力大的优势,想从漫水中夺路而行,但没开几步就侧翻在洪水中。还有几头牦牛被冲入了水中,牦牛水性好,可在这汹涌的河水中也在拼命翻滚、挣扎。堵在两头的车辆一看这情势,谁都不敢冒险往前开了,想退又没有退路,只能死死地堵在峡谷里,眼看着洪水不断上涨，有人从车里钻出来爬到了车顶上，还有人死死紧紧抓住了路边弯曲变形的护栏，随着洪水猛扑过来，一个个水淋淋地发出惊恐的喊叫，那尖叫声、呼号声与暴风雨的喧哗声、洪水的咆哮声混杂在一起，那是怎样的一种绝望啊，直如天塌地陷一般。这洪水滔天的世界没有诺亚方舟，但有尼玛次仁和他的战友们，他们立即投入到抢险救灾的战斗中。尼玛次仁这个指挥长虽不是军人出身，却有一股军人雷厉风行、临危不乱、指挥若定的气度。他一边打电话向两头的交管和路政部门报警告急，赶紧实行紧急交通管制，让驶向加米段的车辆暂时不要驶入这一危险路段，一边指挥手下的员工抢救被困人员，摆放安全标志，维护现场秩序。而危机之中，最大的问题是如何让驶入这一危险路段的车辆人员转危为安。对于这条路，尼玛次仁已用一年多时间摸透了它的性情，他一看就知道，这段路剩下的那半边还可供一边的车辆单向通过，问题是当时谁都不敢走了，若两头的车辆都死死地堵在这里，一旦整段路被洪水冲毁，路基全线坍塌，那就是车毁人亡的一条死路了。尼玛次仁决定自己先试一下，随即便驾驶着越野车，从那半边路上开了过去，那些被堵住的司机们都眼睁睁地看见了，这越野车虽说是在泼啦泼啦的洪水中开过来的，但只要小心驾驶，那半边路还是勉强能够通过的。尼玛次仁验证之后，又把脑袋从车里钻出了，他大声鼓励司机们："不要怕，跟着我走吧，拴紧安全带，把方向盘抓稳啦！"

尼玛次仁一边指挥，一边驾驶着越野车开路，先把从林芝方向开来的车辆带出了危境,又把从拉萨方向开来的车辆带进了安全地带。在一段最狭窄的峡谷里、一段最凶险的路上,一个绝处逢生的奇迹就这样在暴雨洪水中诞生了,所有被困车辆人员都得以安全转移,而且奇迹般地保持了一条路的通行。

接下来的暴雨下得更加猖狂了,那些被困车辆几乎刚刚通过,这一段路就被洪水吞没了,变成了真正的绝路。这场暴雨洪水没有造成任何伤亡,只能说是不幸中的万幸了,但对林拉高等级公路施工却是灾难性的,这段路多处发生路基坍塌,很多施工便桥都被冲毁了。尼玛次仁说:"一天的暴雨,至少延误了我们十几天的工期,要不然我们也不会这样被动啊!"洪水刚刚退去,他就开始指挥施工人员抢修被冲毁的

加米段被山洪冲毁的施工便道

施工便桥和道路。我来这里是5月19日，他和战友们已经历了十几个小时的连续奋战，看上去他一直面带微笑，一副举重若轻的神态，但那沙哑的声音、深陷的眼窝和布满血丝的双眼是无法掩饰的。而在暴雨洪水肆虐之后，今天又劈头盖脸地下了一场冰雹，打得我们的越野车噼噼啪啪地响，就像穿行在弹片纷飞的战场上，我感觉脑袋都要爆炸了。而尼玛次仁和施工人员在这从天而降又四下飞溅的冰雹中却没有丝毫退却，他们必须以最快的速度把一条路重新打通，要不，一切都会处于瘫痪的状态。看着那些在冰雹中、烂泥中、汗水中鏖战的人，说实话，我真是说不出任何赞美的话，连赞美也感觉有些残忍。

眼下，我们还能颠簸前行的这段路，就是尼玛次仁和他的战友们刚刚打通的，但还承受不了太重的压力，一辆大卡车碾过，就被压下去了一个坑洼，一下雨就会变成了一个个烂泥坑，而山体的脆弱、滑坡，让靠河一边的路基都倾斜了。尼玛次仁说，这样子就算不错了，能够勉强走得通就行了。为了保持这种勉勉强强的通行，他们还得反反复复地修。看着那些埋头修路的工人，我脑子里忽然闪过一个念头，他们都是西西弗斯神话里的主角，被判要将大石推上陡峭的高山，每次他用尽全力，大石快要到顶时，石头就会从其手中滑脱，又得重新推回去，他们就这样干着无止尽的劳动。就在我这样想着时，尼玛次仁又看见了几个大坑洼，他抡着铁锹填平了坑洼后，又把几块落在路当中的坠石搬开，垫在倾斜的路基一侧。

看得出，这是他早已习惯了的事，习惯成自然了。

　　在保通上，除了天灾带来的困扰，还有更多来自人间的麻烦。想想也知道，一条这么狭窄的路，既要让过往车辆走，又要保证施工车辆走，这让沿线老百姓出行就更难了，难免就会出现阻工、阻路现象。藏族人有不少自己的传统民俗或节日，每逢民俗节日，这路上便挤满了赶着牦牛、背着背篓的藏族人，或是去寺庙中朝拜、煨桑，或是去镇街上去买卖一些东西，一条路更加堵得慌。还有人就在路边上摆摊做生意，那竹竿挑起幌子，一直伸到原本就十分狭窄的路当中。其实只要把那幌子和摊子往后边退缩一下，一条路就能让出来了，但任你好话说了几箩筐，那些老乡就像没有听见，依旧长一声短一声地吆喝着。就这样一个幌子，也能把往来车辆堵住，一堵就是几十上百辆车，眼看这宝贵的时间、无数施工人员夜以继日地追赶的时间就这样在焦急中白白浪费了，这让施工车辆和过往车辆都叫苦不迭，一根竹竿和一片破布似的幌子值不了几块钱，可那根竹竿谁也不敢碰，你一碰就可能引发一个群体阻工事件，付出的代价就更加高昂了。遇到这样的事，谁不焦急上火呢，但又绝对不能发火，你只能苦口婆心地和他们沟通，在这方面尼玛次仁倒是有得天独厚的优势，可以掏心窝子和藏族老乡们沟通，但你光讲些修路就是为老百姓造福也不一定管用；有时候你明知他们没有道理，但也要花点钱、出点血，要不，这一阻就是大半天，拖延了工期谁来赶？还是要施工人员来赶啊。

当我们跌跌撞撞地走过这段路，又一个夜幕正在降临。经过一夜一天的抢修，一段被洪水撕裂、截断的路，一座座被洪水冲毁的施工便桥，终于恢复通行了。此时，一个指挥长已经一夜一天没合眼了，他用嘶哑的嗓子同我们道别，一转身便消失在暮色之中，一个人与一条路的形象也渐渐变得模糊起来。我在心里祝愿他能睡个好觉，我也知道等待他的还有更大更艰巨的考验，随着汛期和交工日期的同时迫近，这峡谷里的一条河、一条路，还将遭遇更厉害的暴雨和洪水……

看，这是我干的……

当我们驶出加米段那条峡谷，不禁长吁了一口气，接下来就是工加段——工布江达至加兴段。抵达工布江达县城时已是深夜，我

工布江达至加兴段

们找了一家小旅馆住了下来。虽说经历了一天的颠簸，我已疲惫不堪，却又没有丝毫的睡意。在手机上查了一下日历，时令已是小满，这是夏季的第二个节气，按《月令七十二候集解》："四月中，小满者，物致于此小得盈满。"这个季节，夏熟作物已开始扬花灌浆，但只是小满，尚未大满。在这个月黑风高之夜，我涣散的神思下意识地集中在一个意念上，那是河水的流逝声，天地间仿佛只剩下了一条正在时间和空间中流淌的河流。我就是在这流逝声中渐渐入眠的，连梦乡也有流动的感觉。

"梦里不知身是客"，一觉睡到自然醒，才发现，这家小旅馆就在尼洋河畔。尼洋河是雅鲁藏布江流域最发达的水系之一，如果不保持足够的清醒，在纵横交错的水网中

笔者在工达江布考察

很容易迷失自己。当我看着眼前这条尼洋河，还真有些迷茫，感觉已是另一条河，比昨天经过的那条峡谷里的尼洋河宽阔了许多。这

里的峡谷才是真正的大峡谷，工布江达，藏语意为"凹地大谷口"，属藏南谷地向藏东高山峡谷区过渡地带，呈深切割的高山河谷地貌，但峡谷相当开阔，足以容得下一座县城，海拔也比我们此前走过的地方低多了，平均海拔3600米。在这一方水土上生活的藏族人被其他藏区的民众称为工布人，意为"生活在凹地里的人"。

这个县城很小，但一块牌子很醒目——国道318线林芝至拉萨段公路改造（二期）工程工布江达至加兴段项目指挥部。走进指挥

林拉公路工加段项目指挥部

部院内,第一印象,这是我沿途所见的条件最好的一个指挥部,但一见到指挥长扎西,一个人与一个指挥部的强烈反差就出来了。这

笔者采访林拉公路加兴段项目指挥长扎西

是一个长得很帅的西藏汉子,浓眉大眼,但那副被清晨的阳光照得透亮的脸庞,又黑又糙,皱褶从眼角延伸到颧骨上,一根根都很深刻。有人叫他老帅哥,他其实还不老,他是1975年底出生的,才四十出头呢。一番简短的交谈,我对他的人生经历有了个大致了解,他1997年毕业于长安大学,那是一所有名的全国重点大学,由原西安公路交通大学、西安工程学院、西北建筑工程学院合并组建而成,而其第一块基石,则是在共和国成立之初在兰州市郊的一片荒滩上创办的西北交通学校,从创始到崛起,一个办学理念或信念就贯穿

了一代代学子——"车行无阻,货畅其流"。扎西怀揣着这样的信念,从大学校园回到他生于斯、长于斯的青藏高原,而他将为之而终生奋斗的就是让自己的家乡西藏"车行无阻,货畅其流"。他在担任工加项目指挥部指挥长之前,已是西藏自治区重点公路项目管理中心稽查办主任、高级工程师。和尼玛次仁一样,他也是从中心管理岗位上派遣到一线来挑大梁的一位主角。

与同在高峡深谷里施工的加兴至米拉山段相比,从工布江达至加兴这一段尼洋河谷,为林芝至拉萨之间最为顺直、施工条件最好的一条通道,这就意味着,扎西这个指挥长的很多麻烦不是源自自然灾害,而在人间。谁都知道修路架桥是造福积德的大好事,可好事最难做,好人最难当,万事开头难,最难是征迁。工加段遇到的第一个大麻烦就是征迁。这儿地势开阔,遍地沃野,越是这样的好地方征迁的麻烦就越大。征地拆迁,这在任何地方都是高度敏感的事情,尽管他们把征迁的范围一再压缩,但沿途要修施工便道、便桥,还有各项目经理部、施工队的驻地建设,还有实验室、砂石场、制料场、搅拌场等必不可少的临时设施,这都是必须征用土地的,既有永久性征地,也有临时征地。在工加段这近60公里的施工沿线,尼洋河两岸都是牛羊成群的牧场,青稞、小麦、油菜等农田密布,在农田与牧场之上又是原始森林或次生林,这里是西藏植被最完整、环境保护最好的区域。一条路必须横穿原始森林,沿途还有众多的乡镇、村寨、林卡、寺院、人文古迹、驻藏部队的军营、藏药基地、

西藏大学农牧学院等众多单位,还有电力、电讯、国防通信设施,交叉关系复杂,一条路牵一发而动全身,用扎西的话说,只要涉及一片树叶一个水果,就会扯出征迁补偿这个大麻烦。

工加段项目指挥部就在这县城里租用了一个单位的房子,不用在荒野上安营扎寨,这同其他项目指挥部相比,算是很顺利的了。但从2016年3月开始征迁,他们就举步维艰了。在青藏高原上,比较好的土地资源原本就十分稀缺,每一寸土地都是农牧民的命根子。征地,拆迁,还建,补偿,说穿了都是对资源进行再分配。谁都知道,一条路就像一块香喷喷的肥肉,到了你嘴边上,谁不想吃一口啊?这样的心态,其实也是无可厚非的人之常情,修路原本就是为了让老百姓富起来的民生工程,先要理解民心,才能把民生工程真正变成民心工程。扎西这个指挥长,从一开始就是打心眼里为老百姓着想,他也一直坚信,绝大多数老百姓都是通情达理的,这也是他与老百姓沟通的前提。在这个前提下,他很少以国家工程、大局意识等大道理去对群众进行说教,实在说,那也没有什么效果,往往还会适得其反,让老百姓觉得你是以国家的名义在压他们。他是带着真挚的感情去和老百姓交心,让老百姓看到,他们就是来为这里的老百姓修路,这条路和他们的利益绝对是一致的,是能给他们带来实实在在的好处的。

在走村串户时,他们也发现那生活的凹地就是一个个穷山窝,如金达村、杰朗村,都是出了名的贫困村,穷就穷在没有一条路,不是国道，是村道。这两个村虽说离318国道近在咫尺，但那最后一公里却一直难以打通，一条进出凹地的羊肠小道，被世世代代的工布人走得弯弯曲曲，那坎坷而拖沓的脚步，却一直难以走出那生活的凹地。这条路，扎西是用脚步一步一步量过的，这直线距离很短的一段路，他们竟然转弯抹角走了几个小时。走进了那凹地的村寨，一扇扇大门却对他们紧闭着。这里的老乡早就听说了要修路的事，也早就知道有人要来他们村里征地拆迁，一听那不同寻常的狗吠声，他们就知道不速之客进村了，一个个关门闭户，铁将军把门。

扎西好不容易找到了村支书，他先不说征迁的事，只说修路的事，"你们村里的路也早该修修了啊！"就这一句话，就像"咔嚓"一声打开了一把锁，村支书那紧锁的眉头一下被打开了，这条村道，他和一村人不知盼了多少年了，一听扎西的话，他觉得有戏！果然有戏，一个指挥长，军中无戏言，扎西很快就调来了施工队。这下好了，村民们一听说施工队是来给他们村里修路，一个个都打开了门，对施工人员那个热乎劲儿啊，糌粑呀，酥油茶呀，藏香猪肉呀，青稞酒呀，摆满一桌子，请你吃，请你喝。每当一个老乡打开了门，扎西都有一种很真实的感觉，他觉得这封闭得太久了的山谷凹地里，终于向世界打开了一扇门，一条村道连接着国道啊，往大里说，林拉高等级公路就是一条从世界屋脊通向世界的路啊。

现在的施工设备厉害着呢，修两条村道，对于施工队就像修两条施工便道一样简单，也可以说，他们就是利用修便道的机会顺便就把村道给修了。在村道修通的那一天，两个村的村支书和村主任轮番给扎西敬酒，也向扎西指挥长表态，他们没讲一分钱的价，就带头把自己家的牧场和耕地给让了出来，村里的老百姓也纷纷让地，这是给一条更宽广的公路提前让路啊。说到底，老乡们其实是为自己让路，一条路修通了，他们也可以从村道驶上快车道了。说是让，其实也就是征迁，无论是临时用地，还是永久性用地，项目指挥部是会一分不少地按价补偿给他们的。除了补偿，指挥部还向工布江达县中学、金达镇小学捐款和捐助了一批图书文具和体育用品，扎西还带头与贫困户结成帮扶对子，指引他们走上脱贫致富之路，而这条路就是一条实实在在的脱贫致富之路，一开工就给沿线老乡们带来了大把大把的挣钱机会。

我在施工便道上随机采访了一个叫普布的司机，他原本靠放牧、种田为生，那收入只能养家糊口。他六十多岁的老阿妈得了白内障，这是在高原毒辣的阳光照射下最常见的病，由于没钱医治已经双目失明，他妻子患上了棘球蚴病，这也是高原畜牧区的高发病，必须上大医院里动手术，他也拿不出这笔钱。两年前，他申请到了一笔农村扶贫无息贷款，五万块，买了一台二手卡车，但这儿路不好走，生意一般。真正的好日子，就是这条路——林拉高等级公路给他带来的，二期工程一开工，普布在家门口就能揽到活儿了，而加米段项目指挥部对当地老乡优先照顾，有活儿先给他们做。普布加入了由当地村民组成的运输车队，和施工方签订了土石方运输承包合同，一辆车平均每天能挣五百块,一年时间他就把拖欠的贷款还清了,还给老阿妈和妻子做了手术,老阿妈现在能眼睁睁地看见一条路修到村子里来了。有一次扎西指挥长来普布家探望,她老人家赶忙换上了节日的盛装,一见面就给扎西献上洁白的哈达。普布的妻子现在也能在工地上干些比较轻松的活儿了。两口子加起来,在工地上一年能挣上十来万呢。若按一年半的工期,普布估计他们两口子至少能有二十来万的纯收入。

看着一个西藏汉子乐得手舞足蹈的样子,我却有些担心,如果公路修通了怎么办呢,他又上哪儿挣钱去?他说好办啦,他巴不得这路早点修通了,游客源源不断地进来了,那就更有大把大把挣钱的机会了。他们这儿的旅游景点多着呢,巴松错、太昭古城、秀巴古堡、邦杰塘草原、珍珠神泉,这都是能挣钱的好地方啊,还有虫草、松茸等土特产,这都是能挣钱的好家伙啊!他寻思着要用挣来的钱买一辆旅游观光车了,他还想开一家藏家乐,吃喝玩乐一条龙,快快乐乐的就把钱挣了。

扎西告诉我,他们工地上,除了普布这样的运输户,还有上千的藏族群众在砂石场、制料场、搅拌场干活,每个月大多能挣四五千,多的呢,说出来还真是吓了我一跳,比他这个指挥长的工资还高呢。我猜测,那些能挣大钱的,要么是在技术上有绝活,要么就是包工头了。不过,无论挣多挣少,只要有活干、有外快挣都是快乐的。这些工布人,原本就天性快乐。同那些来自高原之外的民工相比，他们第一个先天优势就是没有高原反应，这活儿就干得轻快了许多。他们一边干活，一边唱歌，看着他们那陶醉的样子，也让我感觉劳动是一种快乐和享受。干了一天活，他们还要在夜里燃起篝火，围着篝火一圈一圈地跳锅庄。这是他们的天性，也是天赋，那舞蹈动作源于他们骑马、射箭、狩猎、放牧、耕耘等生产和生活的姿态，男子的舞蹈彪悍而又洒脱，女子则是长袖善舞，婀娜多姿。那火堆旁还搁着一个大木桶，凡来跳舞的人都要带一壶青稞酒来，倒进大木桶里，有酒助兴，跳得更欢了。

这工布人的歌舞，在藏式舞蹈中独树一帜，有很浓的烟火味儿，又有一种既入俗又脱俗的巧妙情趣。这特有的歌舞，加上这里绝美的风景，让我觉得一个藏族司机对未来生活的梦想并不虚幻。事实上，当地政府已经围绕着一条高等级公路提前开始谋篇布局了，在采访途中，我们路过了一个在地图上还难觅踪迹的小镇——巴河镇，这小镇上的人口还不到3000人，却有得天独厚的地理优势，它就挨着318国道，距工布江达县城40多公里，朝南而下便是国家风景名胜区巴松错。无论去往拉萨、林芝方向还是去巴松错，这小镇都是必经之地，而车开到这里又正是中午的饭点。这样一个"金三角"，已经开起了一家家藏家乐和休闲林卡，吃了喝了，还可顺便捎上一些土特产和工布人的工艺品。当我们穿过这小镇时，小镇上车水马龙、熙熙攘攘，又加之正在铺设地下管网，把街道翻了个底朝天，也把我们堵了好半天，但想着一条高等级公路修通后"车行无阻,货畅其流"、人流如潮、财源滚滚的那一幕,也不觉得堵得慌,心里头还挺舒畅。

扎西还真有不少高见,他说,一条路只有给老百姓带来实惠,既要让他们得到眼前的实惠,又要让他们看到将来的利益,老百姓的态度才会转变,从"要我修"一变而为"我要修",但如果认为老百姓的态度这么容易转变,那未免又太天真了。说来还真是千头万绪,又无奇不有。如放炮让牛羊流产、鸡不生蛋,还有施工破坏了水系、鱼塘死了鱼,这都不稀奇,你施工车辆撞死了一只小羊羔,赔上了一只大肥羊的价钱,说来这也不稀奇,毕竟,这些事情与施工多少还有直接或间接的关系,还有许多和修路施工八竿子打不到边儿的事情。我在采访中就听说了这样一个故事,在一个扶贫村,有三家贫困户申请吃低保,当地民政部门批了两家,还有一家没有批,这吃不吃低保又与修路有什么关系呢,但没有批准为贫困户的那家人,却把对当地政府部门的不满转化为了一种过激行为,这家里的老阿妈搬了只小板凳,一屁股坐在路当中,拦在那儿不准你施工。你要老阿妈让路,她让你去找政府,她说这路是政府的,政府先得给她家把"贫困户"的问题解决了,她才会给政府让路。还有征迁补偿款的发放问题,那都是由公路建设方先统一支付给当地政府,再由当地政府发放给征迁补偿户,但有些老百姓由于没有及时拿到补偿款,一怒之下,也采取阻工的方式,这对于老百姓,也是解决问题的最直接的方式。讲到这些,扎西露出一脸哭笑不得的神情，一只手却下意识地把手伸到口袋里，掏出来的都是烟。只要说到这些麻烦事，他的烟瘾就有点高涨。他焦急地吐了一口烟，又唉声叹了一口气说："唉，这样的事太多了，几天几夜也讲不完哪，很多老百姓阻工，其实都与我们项目部和施工单位没有关系，还有的老乡和施工劳务队的民工发生了冲突，他们纠集了人，跑到工地上来打我们的民工，走到半路上被野狗咬了，他们也要找我们的麻烦，要我们出医药费，你不出，他们呼啦一下就把路给拦了……"

给施工带来麻烦的不只是人，还有那些绕不开的树木和电线杆。生态第一，这就不用说了，但有些在布线区域内的树木和电线杆又不能不移走。你一动，林业部门的来了，电力部门的也来了，他们严格执法、依法监管那是对的，可一管就给管死了，一棵树长在那儿，眼看就要施工了，就是移不走。一个高压线电杆竖在那儿，电力部门口口声声答应迁走，直到开始施工了，还是迟迟不迁。怎么办？扎西只能派人守在电线杆边上，让施工人员别触碰了那根高压线。可这也不是个事啊，若要解决，说起来就是两字儿：协调。汉语中有许多看似简明夺目却又实在费人琢磨的词语，譬如说协调，何谓协调？协调就是和谐一致，配合得当。更具体说，协调就是正确处理组织内外各种关系，为组织正常运转创造良好的条件和环境，促进组织目标的实现。这样的解释听起来多么美妙、多么和谐啊，然而，当协调变成一种工作、一种任务、一种行动，你去试试看！扎西试过了。作为一个指挥长，他最喜欢的是那种指挥千军万马冲锋陷阵的感觉，但他却又不能把很多精力放在一条路的背后，那就是跟沿线的政府部门、有关单位对接和协调。"人不求人一般大"，但搞协调就是一件求爷爷告奶奶的事情。很多人把协调看作是交际公关，喝酒抽烟，跳舞唱歌，却未必知道其中有多少辛酸苦楚。他一个国家工程项目的指挥长，对这种"人情世故"很是看不惯，但有时候也只能硬着头皮、满脸堆笑地去应酬，那内心的憋屈只有自己知道。他也知道，只有这样，你跟人家交上朋友了，人家也把你当朋友了，等到你有了什么事再去找人家协调，人家觉得不帮你都不好意思，至少不会故意设置障碍来为难你了。

  还有多少事情，他不愿意细谈，但我也能猜出几分。如果不是有太多人为，他一个指挥长解决不了的障碍，他也就不会忍无可忍地"告状"了。那是自治区一位主要领导来工地上视察，临走时问他这个指挥长还有什么困难，如果换了别人，一般都会在领导面前表决心，再大的困难也能克服，修路就是攻坚克难嘛。但扎西不是那样的人，他好不容易逮着了这样一个机会，还能不对领导讲真话。那可真像"竹筒倒豆子"一般痛快啊，他把堵在心里的那些困难全抖搂出来了。这世上最刺耳的往往就是真话，那些陪同视察的当地负责人一个个都大眼瞪小眼地看着他，没想到他竟会这么直来直去地向自治区主要领导告状，这让他们的脸往哪里搁啊，一个个脸都变色了。后来还有人说得更夸张，说扎西这家伙"跳起脚来向自治区领导告状"！而那位自治区主要领导一路上听到的都是好话，一听扎西说真话了,脸也一下绷紧了。他还特意把扎西叫到了自己车上,一边听他讲真话,一边察看扎西讲到的那些真实情况,那都是这位领导此前没有看见过的实情。当晚,这位领导就留了下来,召集当地政府和各相关部门的负责人开现场会,有市里、县里的领导,也有国土局、林业局、电力等各部门的负责人,而那个现场,就是红线划定的范围,这是建设方按设计图划定的施工区域,从一开始就是以最大限度保护生态为切入点,这条红线可以说已经没有退路了。那位自治区主要领导对坚守这条红线的态度明确而坚决,凡红线之内的树木、农作物和附着物,包括电杆啊、建筑啊,必须在规定的时间内一律搬迁,各有关单位承担起搬迁、砍伐、运输任务,红线内的树木由村民按需截取,树根和腐殖土及时清运,一句话,谁的孩子谁抱走!但他也对扎西这个建设方的代表发出了严厉的警告:红线外的树木一颗也不准动!

这话说得很硬,扎西指挥长的表态也很硬:若因施工损坏了红线外的树木,拿我是问!

一个建设方的代表表了这样的硬态,那些地方的、各部门的负责人也只能当场表态:迅速解决。自治区的领导还有些不放心,又特意叮嘱扎西,如以后有什么问题在当地解决不了,扎西还可以直接去找他。就是这样一个现场会,为工加段项目施工,也为林拉高等级公路全线施工打开了局面,那些久拖不决的问题都一一解决了。有些解决不了的问题,扎西后来还真是去自治区政府找过那位领导。

他由衷地感谢自治区的领导，还有当地政府部门、供电部门和沿线老乡们的理解和支持。这不是套话，他真诚地对我说："我们工程施工能够这么快打开局面，没有方方面面的支持，根本行不通啊。"

一旦局面打开了，就可以放开手脚来干了。2016年3月，尼洋河大峡谷的冰凌与积雪在乍暖还寒的春风中颤抖着融化，在一个月的时间里，工加段基本上解决了征迁等诸多难题，完成了施工范围内的"清表"——对红线范围内进行表面清理，还修通了所有施工便道、便桥，各标段的施工队都完成了驻地建设，实验室、砂石场、制料场、搅拌场都有了着落。用扎西的话说,这是一场干脆利落的"战前战"，万事俱备，从4月开始全面正规化施工，也可谓是正式施工。若从林芝方向过来,工加段是国道318线林芝至拉萨段公路改造（二期）工程的最后一段，实则是林拉高等级公路二期工程的第一段——龙头，一龙挡住千江水，绝对不能拖整个工程的后腿。扎西其实不是那种干什么都火急火燎的指挥长，但事实上，他们这个项目段又是全线干得最快的，很多人都想知道他有什么秘诀。我也想啊。

扎西笑着说："要想干得快，先得人不赖"，他说的不赖是不赖账：第一是不拖欠民工的工资，有了钱，第一时间就给他们发工资；第二是发机械设备租赁费、材料费；第三是发本单位职工的工资。我们这些指挥长、副指挥长，对不起，只能放在最后啰。

听这藏族汉子说话，脑筋时不时要急转弯，譬如说他这个秘诀，还真是出乎我的意料，仔细一想，却又意味深长啊。工程进度就像开车一样，不怕慢，只怕拖，更怕阻，你一旦拖欠了民工的工资、设备租赁费，民工不干了，设备不转了，搞不好就会引起群体纠纷，不但不给你干活，还拦着不让你干，这也是在建筑工地上时常发生的事儿。工加段项目从正式开工一直到现在，扎西最看重的是两个"零"：一个是零纠纷，基本上没有发生群体纠纷和阻工现象，还有一个是零事故。对这两个"零"，扎西打了个形象的比喻，这就像两个在无障碍通道上运转的车轮，一路绿灯，匀速行驶。匀速，这又是他的一个小秘诀，他这个指挥长在推进工程进度上不求超速，而最佳境界就是匀速。

不过，这位每个月最后才能领到工资的指挥长，又往往冲在最前头。这一年多来，扎西一天到晚穿梭在工地上，作为指挥长，他干什么都要提前决策，先行一步，从协调指挥各支施工队伍和各种作业机械，到盯控和排除各种安全隐患，他脑子里始终紧绷着两根弦：一根是生态环保弦，这是他在自治区领导面前表了硬态的；一根是安全生产弦。在匀速推进施工进度时，扎西对安全生产一直盯得特别紧，特别是高空作业和特种作业人员，每个人都必须持证上岗，严格按操作规程实施作业。曾经，我们把带病坚持上班视为一种爱岗敬业的典型事迹，但扎西这个指挥长的思维方式就是不一样，他三令五申，对身体不适的、精神状态不佳的、高反比较强烈的，一律坚决杜绝上岗。为了全面掌控施工进度，他几乎每天都奔走在施工现场。当施工遭遇恶劣天气，或遇到了难以攻克的难关，扎西这个指挥长有时候几天几夜不下工地，困得实在顶不住了，他就在车上躺一会儿。施工人员都劝他回去休息一下，可他说："你们都在加班加点施工，我怎么可以回去睡大觉？"其实，这些一线的施工人员都是三班倒，可一个指挥长却只能坚守在这儿，指挥部人手少，那些副指挥长也必须坚守在各自的岗位上。很多人一说到扎西，就惊叹："扎西啊，就是那个可以连续通宵加班不睡觉的铁人啊！"其实，这世间哪有什么铁人，谁都是血肉之躯。扎西笑着说，他脸上的皱纹原来哪有这么多、这么深啊，"修了一年多路，人老了十几岁啊，我跟我爱人都不敢在一起走了，怕人家误会啊，还以为我俩是父女呢，哈哈哈……"他打着哈哈，带着我们边走边看，一双眼睛贼亮，脚步飞快，猛不丁就冲到了我们前头，感觉又发生了什么大事。在一个隧道口，他一把推开了一个正在埋头施工的民工，还没等我反应过来，一块石头已砰的一下砸在地上了，好险！

我们正在走过的这一段路由中铁七局施工，从路基、路面、桥梁、涵洞，到安全设施、预埋管线、绿化及环境保护等，由这支铁军一揽子包干，这在国外被称为 EPC 工程，也就是国内所谓的"交钥匙工程"。工加段项目指挥部属业主单位，对施工工期、施工过程的每一个环节、每一道工序都要严格把关。而在这烦琐的施工过程中，从模板安装、机械设备运转、混凝土搅拌到人员配置，千头万绪，其复杂的程度不亚于一次卫星发射。卫星发射还有失利的时候，而筑路架桥尤其是桥涵工程必须保证万无一失。工加段施工路线位于河流阶地及山麓坡脚：一边傍山，沿线地形地貌复杂，岩体破碎，又加之地处高寒地区，在寒冻风化的作用下，极易发生滑坡和崩塌等地质灾害；一侧临河，这一段河谷虽说比较宽敞，但在看似平静的水面下暗流汹涌，湍急的河流中又有变幻莫测的漩涡，又加之这里也是暴雨山洪高发区，一旦河水猛涨，对正在施工和业已建成工程也是致命的杀手。而在峡谷或河谷里施工，难度最大的就是桩基施工，这么说吧，你必须在一个最不稳定的地质构造带上打下最稳固的、在一百年内也牢不可破的桩基，而工加段又是全线所有标段中桩基量最多的，设计桩基590根，其中尼洋河水中桩就有105根，在水底下的河床上施工那就更难了。

　　我是一个迟到的采访者，眼下，那个艰苦卓绝的过程已经变成了纯粹的记忆。对于一个指挥长，对于这里所有的建设者，这又何尝不是一个创造记忆的过程，而我，看到的已是结果：他们是二期工程施工速度最快的标段，全线浇筑第一根水下桩的是他们，那五百多个的桩基工程早已完工了，工加段也是二期工程第一个完成所有桩基施工的标段，这也为他们继续全面推进施工进度打下了坚实基础。眼下，这段路的主体工程已经修好了，如果不出意外，很可能又是林拉二期工程第一个交工的标段。但扎西更看重的不是速度，而是质量，他想要打造的是一条外美内实的精品路、样板路、生态环保示范路。在公路两边和路中间的隔离带，沿途看见民工在栽树种草，那些来来往往的货车上装载的已不是水泥砂石，而是绿化用的泥土。这些泥土就是

林拉公路加兴段绿化工程

修路之前的原土，大多是腐殖土，在破土动工挖出来后并没有废弃，而是找地方堆放保存下来，现在又可派上用场了。一条生态环保路，就是这样良性循环的。

扎西时不时就会下车查看，我也跟着看，但还是有点看不明白，在公路护坡的青草下，像铺设着一层绿色的地毯，这不是比喻，扎西告诉我，为了尽快恢复生态系统，林拉高等级公路全线采用了生态袋、生态毯、生态微孔基质等国际先进的柔性生态护坡技术，在西藏公路交通建设史上，这也是创历史地首次采用。譬如说这绿色的毯子就是生态毯，它本身就是生态环保的产物，是利用农业废弃秸秆经过特殊工艺加工而成，能抗老化、抗酸碱盐及生物侵蚀，又具有透水不透土的过滤功能，在植被形成前，它能防护坡面的水土流失，其微孔颗粒既能维持水分又能保肥，还能护土保墒，从而形成永久性植被根茎加筋坡面，使植被生长更快更茁壮。即便在贫瘠土壤和陡坡上应用，也无须平整坡面，这生态毯就能直接与土体黏合。而这种生态毯在植被生长出来后，还有自动降解功能，可以实现零污染。有了这样的生态毯，那些适合高寒地区生长的黑麦草、高羊茅很快就生长出来了，眼下已绿油油地长成一片了。那些木本植物也都是耐高寒的品种：榆叶梅、丁香树、红叶小檗、沙棘、香柏、紫叶李、林芝云杉、藏青杨、野蔷薇、

加兴段绿化工程现场

黄刺玫、连翘、刺槐、沙生槐……一条路就像穿行于一眼看不到尽头的植物园中,这就是传说中的绿色长廊啊!

我们看得很仔细,那些民工也干得很仔细,连泥土里、边坡上散落的石头也要清理、捡拾出来。但扎西和我的眼光是不一样的,他一下看出了问题,说:"你们太费功夫了,这石头要捡到啥时候啊?你们把土运来之前,用筛子筛几遍,先把石头杂物筛出来,那不轻松多了也干净多了?"

那些民工一听,一个个满脸皱纹都笑开了花,"嗨呀,这还真是一个好主意,筛土就像筛青稞……"

扎西笑着一挥手说:"上车,接着走。"穿过一条隧道,眼前豁然一亮,一桥飞架尼洋河大峡谷,这是察多3号特大桥,也是一座颜值很高的大桥,一边是格桑花开的山麓,一边是波光荡漾的河流,一座桥,一条路,在蓝天白云间逶迤延伸,那已经铺上了沥青黑油油的路面,在阳光下也焕发出黑亮的光芒。我忽然发现,扎西眼里也闪烁着这种又黑又亮的光芒。

"看,这是我干的!"他伸手指了一下,那手指一刹那在阳光里映现出清晰的重影,这兴许与透明的空气有关,却让我感觉特别神奇,仿佛还有一只无形之手,仿佛眼前这一切,都是经这只手的神奇点化而呈现出来的。他可能没有注意到自己的手,但他很兴奋,很自豪,这话是他情不自禁脱口而出,一个活得很真实的西藏汉子,从不掩饰自己情感。他搓了搓手,又意味深长地对我说:"等这条路修通了，我要带着老婆孩子来走一走，好好看看我修的这条路怎么样，咱们干一个工程，不是为了交差啊，也不是图一时的好看，要从长远着想，几年几十年过去了，当我们回到原来的工地上，你还敢不敢说，看，这是我干的！"

○ 太阳的宝座……

一段路不知不觉又走到了尽头,穿过工加段,我们的越野车就驶入了林拉高等级公路一期工程林芝段,这段路已于 2015 年 9 月建

笔者与林拉公路林芝段建设者合影

成通车。在这样的公路上开车是一种轻松而舒畅的享受,一辆车跑得几乎悄无声息,只有花草和树叶在风中冽冽作响。西绕更是一副很享受的样子,这一路上他可真是"历尽坎坷",那神经一直紧绷着,现在终于走上一条好路了,他也终于可以放松一下,听听那如天籁般的藏族歌曲了。不过,他还是觉得有些不满足,凭他多年开车的经验,他说这条路的标准比一级公路还高,感觉和高速公路差不多了,要说有啥不同呢,一是全程免费开放,二是限速八十公里(每小时),他觉得这么高级的一条路,只能跑这样的速度,实在有点浪费了,要是能按高速的速度跑就好了。这话把我们逗笑了,一条路限速多少哪是一个司机能做得了主的,但我们也理解一个司机追求速度的愿望,何况是一个康巴汉子,他打小最崇拜的就是那些快马加鞭、冲在第一的骑手,这也是康巴汉子与生俱来的天性和血性。但我还是觉得扎西指挥长说得好,不求超速,最佳状态就是匀速前进,只要这条路一直能以这样的速度跑,一年四季无论刮风下雨、冰雪交加都能以这样的速度跑,那就是一条路的最佳状态了。

在这样一条路上行驶不能没有参照物,否则你不知不觉地,都不知道自己走到哪儿了。其实我们这一路上都没有偏离喜马拉雅山脉和念青唐古拉山脉,它们如两条腾云驾雾的长龙由西向东平行伸展,一直延伸到中国最长、最宽和最典型的南北走向的山系——横断山脉。在这个大断裂带上,诞生了世界上垂直地貌落差最大的陆地,造就了地球上最深的峡谷——雅鲁藏布江大峡谷,而在其东南地势较低处恰好面向印度洋开了一个大缺口，这也为关山重重的青藏高原打开了一扇面向大海的通道，印度洋的暖湿气流顺着雅鲁藏布江大峡谷长驱直入，又在念青唐古拉山脉东段一带与北方寒流风云际会，从而形成了林芝特殊的温带湿润和半湿润气候，这里也是中国唯一兼有太平洋和印度洋水系的地域，一个得天独厚的"西藏江南""东方瑞士"于是诞生了。

　　林芝，为藏语音译，意为"娘氏家族的宝座"或"太阳的宝座"，若从西藏腹地往这边看，这儿就是太阳升起的宝座。这也是我8年前进藏的第一站，那时候还是林芝地区，2015年经国务院批复同意撤销了林芝地区和林芝县，设立地级林芝市，将原林芝县改为巴宜区，而林芝县城为八一镇，巴宜、八一，或是取其谐音吧。追溯这一方水土的人类史，可以追溯到西藏史前时期，这是有实证的。20世纪70年代，考古专家在尼洋河边发现了一批新石器时代的人类遗骨和墓葬群，还有渔网的网坠、狩猎的箭头，这足以证明远在四五千年之前，这一带就有人类在此聚居，以渔猎和刀耕火种的原始农业为生。在巴宜区广久雍仲增村一带，还保存着工布第穆摩崖石刻，那上面镌刻着西藏最早的文字，距今已有1000多年。如今，一条现代化的公路又在这藏域文明中延伸，这古老而灿烂的文明和这太阳的宝座一样光芒四射，把一条天路连同我们视野中的一切都照亮了，远处山麓间的寺院、山脚下的田园、牧场和村寨，看上去是那样和谐、恬静，仿佛时间之外的静物，在纯粹的空间里展示着

林芝境内的雅鲁藏布江

真实的色彩和形状。那尼洋河畔的格桑花、高原杜鹃，还有那不知叫什么名字的形形色色的野花，扑闪扑闪地跃入眼帘，真是姹紫嫣红开遍啊！不过，有的花你还得小心，当我们下车走到一个观景台观看时，我看见了一簇殷红的花，正要凑近了嗅嗅，西绕立马对我发出了警告："小心，这是狼毒花，你可别看它开得漂亮，但是有毒！"其实，这就是自然生态或原生态，无论是香花还是毒草，又无论是羊还是狼，都是自然生态的一部分，你都得包容。

  这样一条路，从头到尾都洋溢着一种令人回味不已的自然情怀，还有多少我没有看清的奥秘，如果没有人给我一一道来，我还真不知道这条高等级公路到底有多"高级"。而在这段路上，又有两个我们早已约好了的人，正在路上等着我们了，一个是中铁二局的援藏干部龚秀润，广西南宁人，他比我整整小一轮，1974年出生，属虎，1996年毕业于西南交通大学土木工程系，毕业后进入中铁二局，现任林拉一期工程林芝段项目指挥部工程部部长、高级工程师。还有一位来自四川洛山的年轻人，宋贤才，1986年出生，也是属虎的，我、老龚、小宋还真是有缘，三只老虎在一条路上相遇了。小宋2008年毕业于西南交通大学，毕业没多久就便来西藏工作了，现任林拉一期工程林芝段项目指挥部合约部部长。此时的阳光白得耀眼，他们颧骨上的高原红被直射的阳光照得愈加突出发亮了，而汗水却顺着他们腮帮流得汹涌。一看他俩这模样，我就知道他们是刚从工地上过来的。

这一路上走过来,我遇到了各种各样的人物,也可以说是各方面的代表吧,有董世华、周勇等转业军人,有徐光普、林聪荣等刚刚走出大学校园就奔赴西藏高原的年轻一代,有原铁道兵转制后依然保持铁军精神的陈蔚林、彭光平,还有尼玛次仁、扎西这两位藏族指挥长,而现在,我又遇到了一位援藏干部龚秀润,老龚虽说也是中铁系统的,但援藏和项目中标施工是不一样的,援藏是不求回报的无偿援助。老龚在援藏期间纳入了援藏干部系列统一管理,他从2013年起第一次援藏三年,投身于林拉一期工程林芝段和米粒机场专用公路的建设,2016年起又第二次援藏,为期又是三年,他现在的重任,就是林拉一期工程林芝段配套设施工程的建设。他们这个指挥部,若要说得更准确,那名字就更长了——国道318线林芝至拉萨公路改造工程(一期)配套设施工程指挥部。这名字似乎与此前的指挥部名称有所不同?是的,这条路已经建成通车了,主体工程已经完成了,重点已转向了配套设施建设。老龚指着一副施工图告诉我,这一段路的配套设施主要有两个公路管理处、两个服务区、两个停车处,还有一个养护工区,对于一段已建成通车的公路,这是我在此前的采访中还没有关注的内容,也是我要采访的重点,而重点中的一个亮点就是百巴服务区,他们刚才就是从那儿过来的。

远眺或仰望,这是走在青藏高原上的必然姿态。在我远眺的视野中,出现了一座白雪覆盖的山峰,一座藏式风格的建筑就以这座雪山为背景,自然与建筑神奇地合二为一,浑然难分。这小地方就是百巴，一个距林芝市区还有 60 多公里的小镇，原本就是唐蕃古道上的一个古驿站，而现在，它又成了林拉高等级公路的一个示范服务区。老龚说，这是自治交通运输厅在全藏设的一个试点，很多新科技、新工艺在这里都是第一次试验。我看见，这里的路面是彩色的，看上去赏心悦目，像铺着一层细腻的、柔韧性很好的毡子。老龚笑着跟我解释，这是一种高新技术，也是西藏首条"海绵公路"，采用的是透水混凝土，它能像海绵一样迅速吸收雨水，还能与中间和两侧的绿化带融合，结合这一带的地势与护坡，雨水可以迅速流到路面，然后经由地面和下水管道排泄，而通过雨污分流设计，雨水在渗到地下后不再白白流走，还可用作维护绿化带和山林的生态用水。

说到这条路，很多人都说是西藏乃至中国颜值最高的一条高等级公路，但这条路不只是颜值高，还有很高的科技含金量，从一条高等级公路的科学决策、设计施工、设施配置到养护技术，均达到了国际先进水平。在这离太阳最近的高原上，太阳就是最伟大的能量，这条路从头到尾包括隧道里都是采用太阳能光伏供电，还安装了太阳能监控设备和信息发布系统，实时发布路况信息，交通应急通信系统实现了全线覆盖。

然而，这样漂亮的一条路，随处可见过往车辆扔下的烟头、废纸、矿泉水瓶、易拉罐，还有东一坨西一坨的牛粪。一位叫平措的老段长正带着几个养护工人在清扫路面，这条路开通之后，他们干得最多的事不是养护，而是像环卫工人一样，一天到晚不停地清扫垃圾。老段长说,现在连市委书记、市长也时常上路捡垃圾,可一条路刚刚清扫干净,那些过往车辆一路上又会扔下很多垃圾,还时常有牦牛翻过栏杆爬上路来,大摇大摆地在车水马龙中穿行。就在我和老段长交谈时,一辆车又从窗外抛出一只易拉罐,差一点就砸中了老段长的脑袋,幸亏他反应敏捷,把脑袋偏了一下。这太危险了,在高速运行的车上扔下一只很轻的易拉罐,其瞬间的撞击力也是致命的。这种极不文明又高度危险的车窗抛物,既增加了养护工人的劳动量和危险系数,又破坏了沿线的生态环境。但在目前,还没有有效管控措施,你就算把车拦住了,最多也是教训几句,这些养护工人连罚款的权力也没有。还有牦牛上路的问题,眼下也是个大问题,就算你对匝道口严加看管,它们也可以从山上直接翻越防护坡或防护栏上路,而这路边的山很多就是高原牧场。说到这些事,老段长很烦心,不过,看着这条路,他也挺开心,他在20世纪80年代就在老318国道的这一段干养路工了,那时候这里还是砂石路,一辆车从林芝开到拉萨要两天时间,遇上了暴雨泥石流,他们养路队随即就变成了抢险突击队。后来修了柏油路,从林芝到拉萨只要八九个钟头了,路好了,他们的活儿也轻松了不少。现在,这条路又变成了高等级公路,全线通车后,从林芝到拉萨只要四五个钟头了,这路也好得不得了,他干了30多年的养路工,做梦都没有梦见还有这么好的一条路。

　　不光是路好了,这些养护工人的生活、工作条件也好多了。那还真不是一般的好,老段长带我去看了他们的宿舍。隔着一条公路,在百巴服务区的对面就是百巴养护区。一座藏式民居风格的宿舍楼,主体和外装修已经完工了,正在进行室内装修中,户型是三室一厅或两室一厅的公寓房,大阳台、大窗户。走近后边的窗户,漫山的青枝绿叶扑入眼帘,一枝带花的树枝伸向窗口,伸手就可以触摸。而前边的阳台和窗户正对着那座超然出众的雪山与冰峰,那圣洁而专注的神态瞬间感染了我。许久,我就站在这儿,感觉有一种天然之气,正潜移默化地渗透我的身心。

林拉公路林芝段道班宿舍楼

一条 400 多公里的高等级公路,其实一直在潜移默化地渗透着我的身心。接下来的一段路,从百巴镇到喀拉桃花村,这 60 多公里的路，40分钟就到了。喀拉桃花村我八年前就曾慕名而来，这桃花盛开的地方，就是林拉高等级公路的起点。一条路，从林芝的桃花村延伸至拉萨的梧桐村，一如王维《桃源行》："两岸桃花夹古津"，又如唐人词"梧桐叶下黄金井"，我觉得这就是一条路从起点到终点的引申之义，这是一条连接藏中、藏东经济带乃至大西南的黄金通道，一头连着国际生态旅游城市、太阳的宝座——林芝，一头连接着国际文化旅游城市、世界屋脊上的日光城——拉萨，它既是正在修建的川藏高级公路的一部分，也将是未来滇藏高级公路的一部分。而这条西藏目前最长的高等级公路，还一头连接着拉萨至贡嘎机场的专用公路，一头连接着林芝到米林机场的专用公路，这就是西藏迄今以来修建的三条高等级公路。若按老子"道生一，一生二，二生三，三生万物"的道理，西藏还将诞生更多、更长的高等级公路，而这些路又将与铁路、航路连接在一起，一个贯穿西藏、辐射中国、通向世界的立体交通网路网正在这雪域高原的天地间酝酿着、勾画着，指日可待。

在这世界屋脊上，每一条路都是天路，但它们并非通向天空的路，终归要通向人间。这一路上，我恍若穿越时空，感觉就像电影镜头一样，只觉得一切景物正冲着我们扑过来，而不是我们朝着什么目标奔过去……

2017年10月1日，改定于岭南

花映衬的雪山